# 詩後三千年

周慶華 著

# 序

## 我的肉和你的肉摩擦愛會疼痛

# 注解

性裂開一張嘴
詩從裡面長出芽來

# 注解的注解

孔子的眼睛不會寫詩
只為了欲望太忙碌沒時間做愛
教訓兒子遺憾剛剛足夠

# 注解的注解的注解

喜歡頂撞命運的人
才撿起詩就得罪了老天
被分配到寫詩的行業註定一生濕漉漉的
跟愛纏綿後還要去投江試水溫

# 目次

# 詩後三千年

# 六經全是斷

朦朧中睜開第三眼
聽見白晢橫躺的裸體還在沉睡
把她的微酣捧在心窩
嘴巴興奮的勃起
從此啣著一枝筆乩動個不停

白晝陽光懶懶腳也懶懶
推出門窗稀薄的月亮懸在天邊不肯離去
計畫生涯的條狀裡多出無聊的功課
吃飯眠覺做愛黏著意念滿版後有倉皇
到戶外踅一趟知道自譜輓歌的風聲已經遠杳
從新起稿卷首不能出現頹廢兩個字

咿咿呀呀也太過瘋癲

讓卜卦入詩或許會癢到許多人的眼睛
最後性這盤菜有禁忌要等它冷了才上場

起句關關雎鳩是一道生銹的魔咒
夜夜輾轉反側原來只為一個燙不到胸口的情人
琴瑟和鳴是你我早先孤獨的想望
彈奏久了絃發霉心也跟著變調
收入匣子後愛開始長腳要去尋找新歡
到城角幽會紀錄最怕響雷把它打斷
翻牆又擔心名譽被活抓一節關進禁閉室
結果美得放蕩呀伊人夢在想你

沒有嚐過靈感燒烤早餐的人
都跑到殿宇探聽播臺最新一波的消息
誰中箭落馬掌聲就會滿杯給他

只有那個坐大位的人還在苦守著搶到的晚霞
明天一場戰爭決定腦袋要移去那裡
於是集結情緒發誓不可以無端地斷句
替天行道的秘訣裡有我說了算數
勇敢衝鋒陷陣的人給你一面鑲金的錦旗
好好活著回來教榮光繼續擡轎
頒布法令典謨過了換訓詁
大家都不准偷窺浸泡在涼風中的神案
它會突然失控逼迫人點逗文字

說到禮節肚臍就冒煙
腦袋跪完換雙膝去頂禮膜拜
不夠齊整的小心截腳砍頭還你一個瘖啞的玩偶
周禮是這樣跑出來玩大的
想要一生緊吃還有儀禮在陪伴
規模大同社會那一套就留給禮記裡面那個過氣的老先生

沒事讓儀式跟著娃兒一起呱呱落地
成年記得謙懷上臺射把箭表示你有種了
從官場繞半圈回來買到一生吃不完的頂級體驗
在走往墳塋的路上被風慢慢消化
偶爾回看有一條尾巴還深陷泥地難以結案
這邊喉嚨都喊到史冊長繭了
仍然不准你自由登入

師曠眼盲後摶到一塊版面
敲敲打打名聲就入了座
站起來恰好是一個音準的寬度
雅頌在廟堂比武過了
你喜愛的桑間濮上像一群野孩子
哼出靡靡綿綿的歌藝好去偷渡
聖人說的鄭聲淫蕩國風該死收容了它
沒看到陽春白雪熬不過下里巴人的煎煮

剛下鍋就抵達沸點

占卜把烏龜野牛趕跑了
興起只好押著賭運氣
天靈地靈現出乾坤趕緊抱回寶愛
等陰陽調和後心就可以放逐
那邊有旅人在挖井鋤頭想詢問
以後轆轤轉動幾次它才喝得到水
敵方間諜早已偷藏毒藥在你瞧得見的地方
同人不會出來救援他有嫉妒的任務
整批軍隊走進河邊發現未濟招牌的祕密
班師準備回朝前方的斥堠來通報已濟獲得了勝利
彖傳象傳繫辭傳序卦說卦雜卦都不懂這撈什子道理
吉凶悔吝全看降服上天拗到了幾分

春秋代表一年發福的日子

管它是那個國家的斷爛朝報
只要六隻鳥不倒著飛保證天天有險無巇
你敢包辦壞主義鐵定會撿到一顆炮製的貶字
亮晃晃的斧鉞都無從跟它比僵硬
渴望褒揚壓那也得掀底看華袞有沒有給你添加過期的榮耀
那是孔老夫子躲在書房想出的策略
他估計有一半人會從床上跳起來找牙齒
然後惡狠狠的把它裝回去
另一半人等著公羊穀梁兩先生睡飽了施捨個不好不壞的注腳
怨怪他們都沒參與歷史的創造
寫史書的新手切記年曆含有這種毒素
被誘食的人會開心的提早暴斃死亡

看吧經過編序的世界都有嘶聲
愛得不如意肝腎一起想隱匿
年年征伐屁股宛如坐在火爐上油滴嗞嗞亂響

將一生綁成肉粽滾不動還氣呼呼
吹個即興曲調就有人從背後偷記你走音的次數
勞煩神靈最後還得親自把決定的未爆彈點燃
強列別人一條罪過後世子孫忙著出清他們的尊嚴
沒有流逝的歷史可以做成春捲教它滾過鍋底去復活
僅剩字串句鏈神氣的在扉頁間晃盪
寫到這裡鼻子也想嘶它一聲

嘶嘶有六種
治感冒記得要噴氣
有人好事幫它喬到十三種
病卻越來越牛重
只得噴氣過後又嘶
嘶後再噴氣一直噴噴氣
終於噴到躲在詩書禮樂易春秋縫隙的採桑婦
她們走出來佯裝對著虛空吆喝

從今天起給我一打濕透的專業寫詩人

# 春秋沒有吟遊詩人

好個濕透的專業寫詩人
他們還蹀躞在遙遠的國度
那兒有奧林匹斯山的繆思女神坐鎮
代言人要找看不見她們胴體的聽話瞎子
荷馬仰頭巴著沒有顏彩的天空他被選中了
一群小徒弟敲鑼打鼓把他推出巷弄後
不到半年就用嘴唇寫成兩部史詩
愛打鬥的給你看伊利亞特
嚮往流浪的建議你讀奧德賽
他還要去皇宮領取最近一期的救濟金

吟遊久了詩人想解放
筆得到最後的自由
它們長出眼睛要跟女神決裂

貝奧武夫搶先從盎格魯撒克遜人叢中露臉
驚訝到窩在宅邸等待名氣升格的行家
心想一半古希臘啟示的志節就發了
羅馬維吉爾伊尼德義大利但丁神曲英國彌爾頓失樂園斯賓
塞仙后渥滋華斯序曲美國費特曼自我的歌龐德詩章克瑞因
巨橋威廉斯柏德遜統統急著誕生趕搭下一班列車
在這頭眺望長製小說從那裡面走了出來
挾著詩魂奮力衝刺想像的狂歡
激情過了再加溫不夠一旁還有催促的號角

鏡頭轉回六經嗝屁的春秋時代
天庭的座位被鬍子大隊早一步佔去了
繆思集體罷工相約飛去崑崙山當仙
撿幾個妲己褒姒呆著看門
好教男士們知道沒詩就會有亡國的慘痛
第一個發明烙刑的暴君咻一聲就把呫畢丟進了火堆

人家在歷數聖王賢君剛好跳過他
周公逆勢換成一沐三握髮也太過矯情
暗地阻止了多少詩趣詩心從怡蕩閒逸中迸發
不就國養大邊齊的負熵只給管仲一人獨享威名
每天窮擔心被髮左衽後還得去做苦工

孔老夫子再度出席撐場面
他僅僅扮演虛擬道統的忠實信徒
有機會當魯國大司寇率先就將少正卯幹掉
誰叫對方妖言惑眾還來跟他搶學生
只是宰我始終不順服卻沒被懷疑臥底在策反
如今狂罵幾句也消不了胸中長大的怒氣
不如死當一次等周遊列國後看情況給予修補學分
幸好未被發覺他不會寫詩的獨家秘辛
當初叔梁紇禱遍尼山就錯過了尋覓繆思的踪跡
爾後他又偷懶跟老彭一樣只述不作

子夏子貢想跟詩搏感情他心虛小發了議論
乾脆連思無邪興觀群怨一大堆意見都出籠獻醜
只為了掩飾生平通到的靈還沒有取得孵詩的入場券

顏回一等一的腦袋卻嫌困在簞瓢屢空中
偶爾伸展身子給人看他不遷怒不貳過的標準姿勢
就是缺少勇氣逃脫師門去找繆思暗通款曲
搞到髮白早逝有棺無槨還欠了一畚箕文字債
懂得享受暮春三月鶯飛草長美景的曾點
應該最有機運哼幾斗詠嘆調的
但他太醉心於鼓瑟路都澹澹稀微去了
那天真的泅沂瘋過舞雩回來看會不會獲頒一塊新詩獎牌
子路毛躁小子有若少年老成漆雕開心眼不大一樣筆底不能運風
老師沒傳授的他們壓根也擠不出半點油脂
就這樣整部論語養活了幾千人沒一個身上是濕的

長沮桀溺呀荷條丈人喲太像被放鴿子的吟遊詩人
他們把天下無道國君荒唐都收進肩上的囊袋
一邊唱山歌一邊等待太陽回家好讓宏願睡大覺
久久才想起活了一大把歲數怎麼還在疑惑頂上的彩虹
那年罵過孔丘很爽但對方的鳥獸比喻回馬槍又教人嘔氣
如果他是龍鳳那自己就是蛇虺這像什麼話
翻滾紅塵和被紅塵翻滾還不都在期待一張官府簽發的飯票
等級劃分只會助燃那些深宮大爺們的氣焰
勸你老實點別露出許由粉妝過的臉孔
即使抽換名字也不代表身價從此可以水漲船高

守藏史一職被李耳老先生坐穩了
他跟在不必發號施令的天子旁邊很安全
仲尼來問禮過了心得寄在一堆資料的縐褶裡
寫詩這件事他同樣也是有見沒有識
不然你看道可道非常道名可名非常名像不像咒語

咒語和詩差不多是一條根長出來的
你喜歡它們內蘊什麼迷幻術就大膽去編
反正前庭那棵槐樹不會再有個鉏麑一頭把它撞斷
歌頌趙宣子或唾棄晉靈公都解救不了整版的空白
出關的日子到了史書說還欠一隻會心算的青牛
教小兒將道德經拿去典當前往牲口市場挑新貨
就是灰灰的那隻牠一到立刻猜著你打算倒騎離城
通關密碼是有個神祕詩人躲去西域

沒得數了檯面上就那幾個大咖
他們不肯把身體弄濕再挖出眼珠子
勤跑王宮常坐到天黑也沒僕人送錢來接濟
一年到頭奔走意志蹉跎得僅剩兩根筷子
那是用來夾名譽而名譽不屬於詩
詩在柏拉圖理想國裡要有雙脅長翼的人蒙恩才能催生
靈感來了還得請雇主上座彈奏演給他們嚐鮮

神給的眷顧模式一直都很天堂色調
後來明眼人自己聘用繆思駐家聽候差遣
格律配方挪來挪去總有一點亟欲獨自飛揚的模樣
傳統史詩文人史詩自傳史詩想驚艷保證會有一籮筐
彩筆落處你再也不必惆悵被人割破的時空

採桑婦標價的專業寫詩人
中土恐怕要醞釀五百年才採購得到他的影像
現在馬車隊裡裝填的是一顆滾燙的心
它東躲西藏後會溜出去透風等時機
有蘿蔔坑一定先跳再算計溫度
叫它暫停沈吟兩三句聊解旅途酸臭掉的憂思
很可能答覆你已有詩經存在還抓耳搔腮做什麼
全是始作俑者孔老夫子無心禍害的

# 擾攘一個戰國只因驚恐

魯國孔家的牆壁裂開漏光了
沒人知道那是寫詩行業受創的象徵
否則它主人嫡傳的種屬會有繼嗣冒波跑出來
如今修繕變成降級的政治遊戲
補不了一個無心禍害的大洞

憨憨的曾參不仿效乃爸瀟洒過活
只管零拾師長的唾沫再去餵養他的兒孫
伯魚飽飫後換子思躲入心性內屋咀嚼消化了一部中庸
忙壞孟母三次喬遷才把兒子綁上它的尾端
仁義禮智信找到歸宿詩文被冷落晾在高閣睡大覺
齊宣王梁惠王一幫無賴只會用齒縫思考
「叟！不遠千里而來，亦將有以利吾國乎？」
「王何必曰利？亦有仁義而已矣！」

談話不對盤孟軻老先生氣得差點心臟破碎掉滿地
換跑道抓來告子強迫他辯論食色要添加什麼調味料
援嫂溺齊人享豔福烹飪芻豢君子遠庖廚議題翻湧上揚
滿滿一桌油燥羶氛戳痛了我們的眼球

魏文侯吝於賒貸幾百骨氣給莊周
傳說就多出一條鮒魚不想渴飲東海水的故事
惠施這隻老鴟還在啃咬野地失葷的腐鼠
人家鵷鶵早就叼走掛在梧桐上的一片夕陽
被鑿了七竅的渾沌死得不明不白
它最想看濠梁下的鯈魚醒來噴水給賭輸的一方
喜歡做夢的蝴蝶也可以聽牠訴說最新的期貨運到了那裡
就是別叫它仲裁北海南海大帝的答謝斤兩
那可要接收逍遙遊齊物論養生主人間世德充符
大宗師應帝王駢拇馬蹄胠篋在宥天地天道天運
刻意繕性秋水至樂達生山木田子方知北遊庚桑

楚徐无鬼則陽外物寓言讓王盜跖說劍漁火列禦
寇天下那三十三篇的曠世牢騷
詩接近了如果莊周再讓他的魂魄跌跤幾次
桂冠就會像一座山那樣浮出地平線
窮困的好處有想像力免費宅配到你家
簽收一次靈性零障礙的昇華兩噸

把詩又推遠的是公孫龍那傢伙
白馬非馬喊得超響一年就飆升八級
連傳媒都聞到禁令不准它們提早下片
他安安穩穩的享用了沒人挑戰智商的權力寶座
孔穿仗著先人的氣勢跑來踢館
才開口就漏風底牌被對方看光光
公孫龍大喝一聲悖他只好腳尖抹油走人
叫大師放棄白馬論那要拿什麼東東凍凍教你
滾回去吃自家的老米比較實在

嚇跑的不敢再折返吃他一記重搥
因此白馬指物通變堅白名實諸論都跟著膽大起來
個個袖藏一把鋒利的彎刀逢人就砍
詩恐懼被肢解自動告假逃逸去了
公孫龍開始稱子指揮江湖

過客楊朱墨翟是一對天生的寶貝蛋
摩頂放踵和一毛不拔掀開底同樣都有強力牌黃膽汁
流到那裡停歇那裡就先給你一場災難
孟軻老先生追加他們禽獸頭銜背後少了凡眾的溫情
不然他也要學學公孫龍分析一下語意搞清楚扮演聖人的矛盾
緣起是無君無父最貼近你我的想望怎麼可以矯情不認賬
名氣超過天地的尺寸會有藐視詩人失重的危險
沒聽見噩夢裡面伸出的爪子都是慘白的顏色
縮腿或放手榮譽才能獲得救贖
且看公輸般只差半米就在楚國成神了

你墨翟拚掉一條老命還不是落個非人的封號
改天拉楊朱走出洞窟吟詩跟他較量
戰國就剩你們兩人有那麼一點滾燙的浪漫氣質

成天把性惡掛在嘴巴行情會爛到破錶
荀況的近況不太十分對焦
他的兩大徒弟作了韓非李斯隔空鬥氣消耗智力
一個口給敏捷都讓給文采一個犯了不妒才就活膩的疾病
輸贏已定彼此卻還要相約再鏖戰一次
請出毒藥腰斬前後梭哈他們它自己獨吞大把賭金
說難和諫逐客書裡頭有風乾的濕氣
那是創作差臨門一腳註定拿到的末代禮物
想當年還是茅廁旁一隻消瘦的老鼠
突地誤闖倉儲驚見同伴吃得肥嘟嘟挺不起胸膛
即刻想到那就是埋葬志意最正點的溫床
誰讓你兩眼黏著蛤肉貪念佔缺順便野餐一頓

就這樣將准詩人關進監牢自己也絕去泡水入行
雙雙委頓到殘生最後一哩路

浪蕩卻不詩的還有蘇秦張儀兩坨土包子
揹著六國相印去合縱沈甸又重挫效率
每叩關一次就有隻大野狼在等著分食你煮好的紅燒肉
搞到入不敷布還養活了一堆疑心病
從新包裝推出連横的大菜口碑有保存期限
所有羊仔都被餓虎撲盡的時候你也別晃著腦袋回家
那邊孟嘗信陵春申平原四大公子招攬了許多不明人士
成天只會雞鳴狗盜遇事就一哄散去沒啥屁用
可嘆了徒教雙腳遠遊而沒有詩豹跟隨流行
你們玩的攻心遊戲全被他們的劣跡破譯

談天衍偷盜雕龍術筆記可能有舛誤
他率眾在方外撕一角雪景輕嚼先知的芳甜

坐著安車蒲輪出入王公貴族的胸壑
點一盞燈給你看迷津的模樣
收攤時會少量揚眉片刻
在等神靈批示明天徒步避開的仇家
就這六行已經足夠總結語無倫次的味道
還要扶乩表演一連串結巴的劇情嗎
威脅他們當票友絕對摸得到成色丙級的風險

這麼多人在投擲一袋迷離的戰國
敢情都安了不屑寂寞的心
攘攘它可以增加驚恐的力量
把捉又放掉會自成循環保護還沒出土的聖潔
那是要留給下個世紀人考掘的資產
他們終將訝然發覺有一顆詩的種子乾咳了幾百年

# 秦漢的大一統夢未酣

出關吟誦一遍
三皇五帝
夏商周
逗點太多後
詩思悶著會霉爛
入關盤點
發現了
句
號

那是南楚才子最新的焦慮
他屈了卻大不平
兩腳原該入圖國事的
腦袋卻在門外徘徊

去掉一截的行動
抱來哀傷三餐當飯吃
離騷發作了
遠謫路有憔悴陪伴
漁父的異端勸喻像一盃酒
澆醒了他的官宦夢
決定跟懷沙賭注
兜一塊石頭就可以換取恆久的美名傳揚
然後天問招魂哀郢思美人悲回風都跟著一起蒸發
汨羅江的魚群搶到了殘留的幾粒粽子

詩南向遇到政治訂做的激情
又一次瘖啞失聲
宋玉已經被纏絞得難以對楚王的強問了
風賦高唐賦神女賦登徒子好色賦統統變裝出場
緊隨的還有唐勒御賦景差大招只會講風涼話

他們又拷貝了枚乘司馬相如揚雄一幫人
讓撰寫藝文志的先生在擡腳抗議
「競為侈麗閎衍之詞，
沒其風諭之義」哀哉哀哉
什麼感物造端才智深美全是別人家的事
從來逸在布衣就沒有點子奢華過活

三百首預計養活滿車的詩人
卻被入世的烈燄出世的渾茫沽了去
風光的一方屁股嘟在高崗吹噓他的大纛
連橫發了變法偷渡了
遠交近攻把天下的版圖揉成一張臉孔後又放大
中央嵌著朕就是國家五個篆字
沒有人敢翹腿仰望
那兒有道禁令黔首必須從新愚笨一次
卜筮醫農留守偷盜詩書的棄市

活埋四百幢儒生乃因為吃相難看的嘴巴太多
此後只准玩蒼頡爰歷博學一派榨乾生命的文字遊戲
叫你指鹿為馬腦筋也不可以急轉彎

徐福的船隊
給詩拋成一長條
勾到海外仙山
驚嚇成
一窩被御用的倭人
靈藥主子吃
他們佯裝壽相
來者都享受了新的伴侶
回報有颶風擋路
秦皇的心沒死
跑去岬角重釣一夥希望
詩已搖著槳遠颺

他追回的是滄浪浮漚
夢在統一後
無語

劉項逐鹿中原
逮著幾百萬顆人頭
城池裡不許藏匿詩的絲絮
它們私自發芽的那天會碰撞草莽最深的尊嚴
一個謀臣疽發背死了
兩名戰將功勞被晃點也提早去見先人了
沒有半句詩相送
垓下對泣唱出的是自譜的輓歌
命運歸給天蒼生雜亂也令祂負債
家鄉的童兒要討剛出爐的口訣
胡謅了三句發現裡面有箭創的隱痛
等不到猛士守四方自己含愧上陣

後宮奪權的戲碼就讓它激出一大堆腎上腺素
在外征戰的人獨享不被風暴波及的快意
皇袍加被後教大家學會了畏懼
律令也快速長出爪牙伸入鬧市阡邑
就是不想夢見有人太過創意
只為了它亟欲把帝國翻身用美感踩踏
讓指揮棒失去了頻率

乘隙冒上芽的
都集中在歌頌德業的宅院
泰一雜甘泉壽宮歌詩
宗廟歌詩
漢興以來兵所誅滅歌詩
出行巡狩及游歌詩
臨江王及愁思節士歌詩
李夫人及幸貴人歌詩

詔賜中山靖王子噲及孺子妾冰未央材人歌詩
吳楚汝南歌詩
燕代謳雁門雲中隴西歌詩
邯鄲河間歌詩
齊鄭歌詩
淮南歌詩
左馮翊秦歌詩
黃門倡車忠等歌詩
京兆尹秦歌詩
諸神歌詩
河東蒲反歌詩
從兵燹中撤走的詩人此地不給你酣夢

# 文人相輕的開端

倉頡改行去造字
天雨粟鬼夜哭連黃帝都嫉妒了
派出大批密探搜捕他的影子
象形指事會意形聲轉注假借吐屬越來越多
彙報趕在鄉野京城間穿梭不停
沒返回覆命的都愛上了對方給頂戴的第一代文人頭銜

流年晃到春秋戰國
搜捕令變成內鬨的通行證
只要哼一句瞧不起你就過關
那升上天的黃帝便會樂得起乩跳迪斯可
「看吧，大局還是在我的掌控中！」
這是他顏面被打對折後搶到的話語
儒道墨名法縱橫陰陽一票人都在忙著加料印證

故事從丟掉一樣心愛的東西那端開花
楚人有遺弓者而不肯索曰楚人遺之楚人
得之又何索焉孔子聞之曰去其楚而可矣
老耽聞之曰去其人而可矣
就這樣守藏史暢快的轟出第一聲響炮
爾後他的徒子徒孫見獵心醉話越說越走調
惹火孔老先生他的肚子著急的想撇清
鳥獸不可與同群把你們的翹臀一併消音

孟軻私淑積累了一個世紀的烏龜氣
他申請到兩張出擊令
楊朱拔一毛以利天下而不為是無君也
墨翟兼愛是無父也無父無君
是禽獸也
報仇的指數連續三級跳
那邊聖人的後裔孔穿也想軋一腳

慢條斯理闖入公孫龍的學堂用驕傲踢館
叫人家收拾白馬論就投牒拜師
對方的鼻孔大吼一聲悖
將他震出十里外成就史上第一樁無頭公案
擾攘一個戰國除了驚恐還有腹誹

孝惠帝傻呼呼讓左右擺布勾走挾書律
秦代死過一回的文人脾性又復活了
易有施孟梁丘京氏停在空中比劃較量
書則歐陽大小夏侯三家割席分治
詩乃齊魯韓毛背地各自擁抱為禁臠
春秋早就被左氏穀梁公羊貰去沽酒剖判天下大勢
別有論語也在跟人家競賽強出齊魯殊方
相互看不順眼的人都擠到臺前來捉對廝殺
政治的微積分只看文人相輕的動向

最能箍住這次詆毀他者大任的非班固莫屬
他從孤支佔上典校秘書的位子就嘴巴蹺起了
漢書歸他一人包辦東抄西挪才拼湊完成
傅毅筆底功夫誰看都跟他不相伯仲
卻要吃他一記睥睨的眼神
教他老弟班超收到一封判人極刑的見證書
「武仲以能屬文為蘭臺令史，
下筆不能自休」云爾云爾
幸好從竇憲出征匈奴敗北坐罪下獄死了
免去史書的續貂還會有倒楣鬼的才氣陡地消失

兩漢的天空妖氛瀰漫
災異讖緯自己安上輪子四處點燃烽火
春秋繁露易緯尚書緯詩緯春秋緯禮緯樂緯有燒到便會應數騰躍
然後王莽畫一紙符命就稱帝了
轉到劉秀要殺青更多圖讖才能中興

滿坑谷的文人跟著戴起面具亂舞群魔
相逢就問候一聲你的扮相不像
集體卯到失心瘋從黨爭高潮鬧到清議散場
嚇呆了大儒鄭玄躲入書齋狂寫戒子書
從迷夢中驚醒的孔安國毛公王璜賈逵也紛紛掛出免戰牌
最後讓許慎總結了一部說文解字
他說你們想知道的內幕裡面全都錄了
只差不能貿然發問他跟倉頡誰比較厲害

詩大序終於預言成真了
挺過風暴詩是志之所之也
在心為志發言為詩
囉哩八嗦也沒人說你有語病
不放心又自行注解一遍
情動於中而形於言
言之不足喲

故嗟嗟嗟嘆之啊
這敢情是要忘掉什麼東冬
中獎的受享
那嗟嘆之不足後
故永歌之可矣
如果永歌之不足呢
且看不知手之舞之足之蹈之也
大家換衣搬演巫覡全武行

解會一段文字
比盜版還要勞神
都為了蠱毒
吃得太深
戀詩這
種行業發不了
遇見敵視

彼此翻滾癲
上來
認才不認沒保障的人
誰讓一條句子
硬生生孵作三五行
綁根馬尾
放它自由飛去
彈回來的
時刻
心接住
休怪詩轉彎
衝出這副忸怩的德性
慫了太久的緣故

# 流浪新圖像

文人肚臍眼會相輕
詩住不得廟堂想去流浪
斗笠遮風草屨擋雨筆墨就地取材
自己混然拖延一半的生活
餘沫撿到了隨遇而安
在野的傳說已定
憑酒和夢

從王宮脫困的伯夷叔齊
踩到了叩馬諫的死味
一邊仁師一邊義人
讓過各走天涯
孤竹地沒有周粟的配給
胃只好隱居首陽山

整天空悵療飢仍然哀嚎到心扉
登彼西山兮
采其薇矣
以暴易暴兮不知其非矣
神農虞夏忽焉沒兮
我安適歸兮
于嗟徂兮命之衰矣
餓殍了山頭一對瘦雁
沒有紀念碑發送
太史公猜想那是天道吝嗇報施善人
誰知道趨舍有時是詩人的專利
他們拚命勒緊腰帶
卻忘了叫詩隨行

說道在屎溺的那位蒙地漆園吏
著述自詡夢蝶後就轉靠賒米過日子

楚威王一度孟浪遣使厚幣來迎他入仕
碰成滿鼻子灰還眼聽他教訓
千金重利卿相尊位也
子獨不見郊祀之犧牛乎
養食之數歲衣之文繡以入太廟
當是之時雖欲為孤豚豈可得乎子亟去
無汙我我寧遊戲汙瀆之中以自快無為有國者所羈
終身不仕以快吾意焉
一場自編自導自演的滑稽劇閉幕
他又想起空腹在咕嚕叫撐不了兩片寒冬
終於吐出十餘萬言後撒腿仙去
文字滋養了無數世代的騷人墨客
只是那時他錯過了吟詠
口袋裡摸不到一句詩

賈誼唱完過秦論發憤寫新書

周勃灌嬰讒他謙讓少一點
外放長沙梁地作太傅命他冷對朝廷的腥風血雨
偶爾被召回皇帝得空不問蒼生問鬼神
他的任務據說是要前承屈宋後啟枚馬作辭賦
弔屈原惜誓鵩鳥賦篇篇都註定他有志難伸
上天不給重複的歹運除了妒才
於是找到一個典範他要大放厥辭
造託湘流兮
敬弔先生
遭世罔極兮
迺隕厥身
烏虖哀哉兮逢時不祥
鸞鳳伏竄兮鴟鴞翱翔闒茸尊顯兮讒諛得志賢聖逆曳兮方正倒植
橫江湖之鱣鯨兮
固將制於螻蟻
賦成把它投入汨羅洪流完劫

文事得年三十三
後人都絮叨他憂讒畏譏懷才不遇
我獨允許一個緣會包袱裡少了半畝詩誌
無力救活他的浪遊生涯

偷瞄一尺異地春發的新韻
被柏拉圖逐出理想國的眾詩客
都跑去波希米亞領屬報到了
他們不再乾巴王公貴族的救濟金
那兒已經有更刺激的生存熱度活跳在眼前
儘管躑躅小偷流氓妓女叢林中
縱使吃鯡魚喝萊因葡萄酒最終暴動死了
也有醉意通報清道夫免切結幫你收屍
就這個樣子他們找到了自產自銷的亡命管道
出版社在歷史囤積中一家矗立過一家
買詩附贈小說還有人陪你去看戲

愛情找上門點券吸收

清查篋底經驗有了
無名氏寄放的一包相思
內裝上山採蘼蕪步出城東門隴頭薤露歌
陌上桑長歌行君子行飲馬長城窟行箜篌引怨歌行
悲歌古歌羽林郎焦仲卿妻
它們穿越了天地網羅在虛渺中游牧
佚失名字是要換取一團新的圖像

愛上自我放蕩的另有十九張拼貼的臉孔
從幕後鑿空亂道逐臣棄婦朋友闊絕遊子他鄉死生新故的奇鬪
驚險了格古高調出腔才熟悉偏偏有情味
行行重行行喲與君生別離
蕩子行不歸空床難獨守呀啊喂
人生天地間忽如遠行客

何不策高足先據一段要路津哩
西北有高樓長路漫浩浩虛名復何益軒車來何遲
將以遺所思脈脈不得語奄忽隨物化蕩滌放情志萬歲更相送
白楊多悲風何不秉燭遊焉能凌風飛一心抱區區著以長相思出戶獨徘徊
你看到了它們隱藏遊踪的模樣
消磨後百端交集都會泳渡前去尋筏

詩在短缺屏障處掛單
一句一個趺坐
天冷了自備聲勢
來人厭膩耳朵想出恭請便
站立路就繼續唱名
流浪僅僅為了沒有人要流浪

# 夜未央話三國

赤壁一幅混仗圖
在煙波浩渺中呼喚英雄的跌盪
周瑜稱快的扳回了小喬
曹阿瞞倉皇從華容道遁走
孔明借到東風吹去西蜀安巢
其餘配角三個陣營隨你投奔應卯
小智小力撐不爆場面
強附驥尾僥倖就能揚名

曹丕一句不朽盛事的號召
成群的詩人從塋壙裡爬上來
他們不再冒充無名氏
每次吟哦都要把籍地一起環抱
那是凍結漫漶流浪的宣示

「天下分久必合，合久必分！」
只有寫詩沒得分合
遊歷太冗長行程會酌量銹蝕
用新詞彙刮垢磨光後名號就可以復出
在越亂的時代塑像得越加響亮

建安七子給了少陽當道
以前大家競爭七哀七啟七發七諫七政七略
如今一出場就想比個長短
孔融陳琳王粲徐幹阮瑀應瑒劉楨串起了一篇典論論文
誰擅長辭賦誰有齊氣誰章表書記雋於時人
他和而不壯或壯而不密他體氣高妙卻不能持論
等對方歸西了這些認證全部不妨信口雌黃

乘隙月旦人物的還看一箋與吳質書
有人不護細行壞了名節有人懷文又抱質

東家美志不遂西家逸氣未遒
那個人書記翩翩這個人體弱不足以起文脈
好歹話都說了少壯該當努力呀
終了握靈蛇珠抱荊山玉的是自己
你們降等人才都側身去靜候一張灰撲撲的網
我的哥哥爸爸真偉大

那邊諸葛丞相要出師了
他的報表寫了又撕
撕了再寫
就駭怕一個閃失把阿斗累成半隻熱鍋螞蟻
你千萬要親賢臣遠小人哪
我臨表涕泣不知所云只緣於呆著伴你比出征痛苦啊
漢賊不兩立是說給先帝聽的
王業不偏安才輪到我
那是急著出一口鳥氣你不會懂的

鞠躬盡瘁死而後已這就是最夯的遺言啊
詩不濕不叫詩
吳蜀地都在鬧乾旱
正要鼓起餘勇的功蓋三分國只成名了一張八陣圖
已經罷兵的也早就談笑間強虜灰飛煙滅了
許靖劉巴彌衡費禕諸葛武侯你們在馬棚候著
看張溫被黜虞翻投荒韋昭老死華覈廢免他們相約去投胎轉世
僅剩隔代劉勰擲出一疊文心雕龍命中了此內關節
魏武以相王之尊雅愛詩章文帝以副君之重妙善辭賦
陳思以公子之豪下筆琳琅並體貌英逸故俊才雲蒸啊
文士悉集茲國詩人京華冠蓋都讓八紘掩走了
那當真空前盛況連講大話的人也在吞吐稱是哩

濕了的詩叫濕
一塊曹娥碑讓魏武楊修比聰明跑了三十里
壞門前也要先亮一個闊字藏謎底

行役兵渴教他們想像大片梅林口水如願奔湧
漱石枕流恰恰測出它可以洗耳礪齒
橫楣上題簽存鳳譏你是隻凡鳥別喜孜孜了
從偽裝侍從到追殺匈奴使節全為了有詩句尚未建檔
某人腦袋掛著鈴鐺搬家誰叫他的悟勁秀才太猛
撞見阿堵物後兩眼也不會慢動作跌跤
七步成詩的酵素配方就裝在這裡頭

毗臨才續也摸熟了濕濕的道理
那是大衛王偷腥懺悔篇什的遺澤
柯特勒斯系列情詩終於膽大讓私通款曲變成家常便飯
隨後維吉爾牧歌集伊尼伊德還把愛戀別人妻女當作不能空白的誓言
「只要有話想說，我張口成詩。」
從嘴巴迸出的奧維德更以一卷愛情藝術教人前後包夾擄獲情婦
他的變形記述說了萬物無常做愛要及時
一頁西式的詩史背後有繆思在挹注奶和蜜

汩汩稠稠的流向江河大地

中土的洛神湘女只單戀氣節
羅敷有夫無聊男滾旁邊去織夢
華山畿的儂語在等待一座神女塚
卓文君許過了白頭吟
胡姬贏到一闋辛延年的羽林郎
蔡琰挺她的悲憤詩挾持曹操放過自己的丈夫
她們都在列女傳裡訂做了一爿神主牌
跳出格子的別有秦女休關東女蘇來卿系列
三姝血刃仇敵給左延年傅玄的筆端刮目相看
半部樂府詩集入駐了無數貞女烈婦
男士們想運動情愛就得遷往他鄉
咱們的詩神不繆思

五言七言

長短句
都湧來報到
團扇郎歌感甄
也漸次火旺了
短唱苦寒燕行曲秋胡
亂新一把吔
從軍有鼙鼓響咚咚在點收
飲酒杜康會來助興
魏地的上空紅彤一片

流浪要佚名
曝光後有淡淡的泣色
詩在史冊上留芳
兩槽昏暗
三國的夜未央

# 大家都在比氣力

詩人運短
對天吶喊會偷長
燒烤歷史可以得到一份美感的同情

金戈鐵馬太多傷風
補你幾處溫柔鄉
逢著戊戌彈跳山河又一次流離
雅興在林藪都會間趑趄
艱難久了自行請纓
報效虛無的國度

一紙陳情表
絆住李密在家中結草
就算犬馬怖懼也要捨星火取逋慢

那全由於人命短淺朝不慮夕啊

到了蘭亭盛會
你修褉我曲水流觴他游目騁懷
夥伴們形骸放浪門面僅映出修短隨化終朝於盡哪
王家才子的草隸從會稽溢向大江大海
翻檢了俯仰興感悲懷一大袋滄桑
詩投入莊老山水的旅途上愁對
招募它得用牛車拖曳

竹林七賢終究愛上了集氣
卻只養壯一支廣陵散
嵇康的名稱揚於東市的臨刑路
躲進佯狂談玄茅屋的阮籍差點就嗅到它的一點餘溫
被割斷交情的山濤上輩子已註定無緣廁入三千人從學的行列
向秀迷莊劉伶醉酒去了雙雙看不見空中還有迴響

正始體的變徵也輪不到王戎阮咸通贊一詞
「曲成，嘆曰：太平引於今絕也！」
「索琴彈之，曰：廣陵散於今絕矣！」
血色斑斕就你一人太意氣啊

夜輕乘肥的人也在趕流行想屯聚
一首寒凍塞外的王昭君從鬥富翁石崇的自製曲中透光
他家的美姬綠珠唱岔了氣
昔為匣中玉今為糞上英朝華不足嘉
甘與秋草并傳語後世人遠嫁難為情啊好燙
原來有權貴在強索鴻蒙逼迫她跳樓自盡
從此昭君詞昭君嘆昭君怨山寨版不絕如縷
陽關初唱完了再唱
再唱完了終唱
三疊後一曲琵琶恨正長哪

高情千古閒居賦
爭信安仁拜路塵塵塵
美姿儀潘岳就這樣把靈魂賣給了豪門
他的氣無端縮短到只夠自己迷昏
才如大海的陸機一篇文賦凌空奔溥
詩緣情而綺靡嗬嘿嗬
他賣力拉出紅盤教詩壇風雲變色
無邪載道非淫非傷政治實用一併告老還鄉
有最新的朝氣正在從中爬竿隆升
地面還想高蹈遠引的是那首慷慨歌過的猛虎行

左思十年練功摶就了三都賦
他豪賭的氣勢驀地贏走千萬斤
洛陽紙貴後靈動再推出詠史詩絕唱
世胄躡高位英俊沈下僚喲
馮公豈不偉白首不見招啊啊啊

就此振衣千仞岡濯足萬里流
你看看鷦鷯巢林不過一支棲息呀
這叫我的背羡慕誰呢

晉室東渡
江南下半旗
喪家犬在此地集散
肥水一役嚇走強敵後
謝安叔姪功勞跑了第一
遊仙詩的作者郭璞昂首放情
他順勢中興了一代文體
看家本領還有爾雅方言三蒼穆天子傳水經楚辭子虛上林賦注
郭弘農集又儘多洞林周易林新林卜韻詩賦擦亮世人的眼睛
好個風迴綿遠辭無俗累的紅塵神仙哪
無奈嗜酒好色毀了那一股長氣
識者嗟嘆他啊徒託玄宗

子夜歌者
女子名子夜造此聲
孝武太元中
琅琊王軻之家有鬼哭子夜
則子夜是此時人也
晉書樂志為江南的意款情濃開了口
懊儂歌桃葉歌白團扇懽聞歌殺然朝它輕曼
獨獨篩漏北國青松拔地的朔漠雄聲
那裡面有千古名節花木蘭的遺音

比完氣力大小
請聽江水向東流
江水又東逕廣溪峽
江水又東逕巫峽
江水又東逕流頭灘

江水又東逕宜昌縣北
江水又東逕黃牛山
江水又東逕西陵峽口
酈道元得此奇觀
自己一個人在藉天浩嘆
「山水有靈，亦當驚知己於千古矣！」
詩人多久沒這般險絕壯遊一番
胸懷都快被塵俗洗黑了去

短運詩人
偷長會吶喊對天
同情一份美感可以得到歷史的燒烤

詩
欠
你
五

行

# 隱居是為了沒得隱居

被欠的五行詩
已經從邊境出走
不願返回只因為此地喧囂填巷
大家都在膜拜亂世的浮華
今天讓我擠兌些許財勢
明天給你一張士族的入場券
沒名份的寒門
有荒野可以等待

晉升品級裁員的那一刻
逋逃是詩最新的家
相逢逸周書官人解大戴禮記哀公問五義
都說沒空理會
呂氏春秋季春紀要論人也請蒙面演算

來湊熱鬧想觀人驗才的韓詩外傳准南子法言論衡人物誌
一張蓬鬆的臉還夾有過期的漿糊味道
就是教你且慢登錄上架
詩人進駐的行號不許祿秩靠譜

謝靈運無風起浪
擺了一個往自己屁股貼金的龍門陣
天下才共一石
曹子建獨得八斗
我得一斗
自古及今同用一斗
在旁邊敲鑼打鼓的顏之推也學舌謅了半晌
「必乏天才，勿強操筆！」
放出這句風聲等於預告殘慘的局面即將失控
所有落跑的呫畢都得從新歸隊
靜候點將後才准你出征

翻開歷史另一頁
隱逸的長程上有詩在撓動
許由巢父卞隨務光長沮桀溺荷蓧丈人的沉默會證驗
只太史公一人跟你的恨太多慮了
余以所聞
由光義至高
其文辭不少概見
何哉
他們飄忽的行踪會記入虛空有神去採收
這就是你背晦忘了摸到的答案
滄浪之水清兮
可以濯吾纓
滄浪之水濁兮
可以濯吾足
那邊不是還有一名漁父在鼓枻勸歌

他的莞爾可真濕意啊

大帝國接替前面兩段非詩
血洗了一次地盤
商山四皓爬出谷口全身顫抖不已
枚乘給安車蒲輪接走還一路現形
沒計可施的東方朔只好混入皇宮當諧星
他一口飲盡漢武帝貪得的不死酒現場斃命
「殺朔若死，此為不驗；以其有驗，殺亦不死！」
兩句話遇赦又活了過來
郭舍人跟他寶氣相連
小小伎倆就救到皇帝乳母一家人
「咄！老女子，何不疾行！陛下已壯矣，
寧尚須汝乳而活邪？尚何還顧！」
博物志史記滑稽列傳都把它們安錯了位置
那是無處可去的一身濕呵

只有耍嘴皮子才能點滴滋潤這條老命
大隱時代叢叢匆忙來臨了

歸去來兮
田園將蕪胡不歸
不戚戚於貧賤不汲汲於富貴
雞犬聲相聞
老死不相往來
你溫暖一缸歸去來辭
我偷閒半米五柳先生傳
他赴約碎拾老子小國寡民的名言
外面亂烘烘的世界就會給你一筆勾銷
結廬在人境而無車馬喧
問君何能爾心遠地自偏哪
喝了酒天旋地晃也不必跑去讀出東南西北
走出門采菊東籬下

俄地擡頭喲悠然見南山
陶淵明把藏身市廛那一套全搬來了
新潮隱士牌匾上有他的名

眺望西邊颳起的一股幽黯風
信徒躲進隱修院四周有聳立包裹的圍牆
你想針孔一眼他們的神會用高分貝的閃電回敬
絕財絕色絕意誓願是那兒給出的扣關符碼
我們飲酒積蓄妻小自由出入通衢大道
妒嫉藏私靠共產兩字符旨將男女綁在一起監管
中土氣象爽朗腳底踩到的規條又很隨興
集團營生招來了土地農奴以及定時的放封
無法跟人家比闊咱們撿個孤悶天自己去山林傲嘯
數支就會撞見教堂庫房膳廳病院藥鋪客舍工廠一條生產線
吾輩還要靠天吃飯最好頂上能夠墜落一頃憐愛的眼神
商旅經過那裡武裝學校收藏圖書也都從城市遷徙進去了

教人懷疑隱逸遭遇不測惹火了烏托邦的劫難
誰曉得那一紙命令來自教廷的批可不讓你妄自想像上帝的恩典
別再看了這會傷腎傷肺鬧無明的脾氣

就說武陵人捕魚逮到一座桃花源
他獨享了裡頭的美酒佳餚和隔代戰亂的餘沫
問今是何世
乃不知有漢無論魏晉
此人一一為具言所聞皆嘆惋
辭去此中人語
不足為外人道也
他卻說漏嘴引爆網破內物回歸一場虛幻
原來避世隱居是為了詩沒得隱居啊

# 南朝上空煙雨迷濛

江南粉黛
新聲絡繹奔會
到子夜還有吳歌短唱西曲纏綿
清音從肺葉中慷慨流洩出來
明辨的轉成天籟交響
商女沒有恨
允諾你隔江吹奏後庭花

悠然一世過去了
河朔的貞剛詞義也已南向癱軟
只存宮商發越嵌在江左
氣質清綺實用詠嘆都變種再現新的風貌
邊塞留給武夫去駐守
詩人要跟春水蕩漾培植感情

從襄陽江陵一路麻吉黏膩到揚州
那兒有總角少年好女歌舞相逐
玉階怨江南弄莫愁樂三洲歌點唱請便
流螢伴夜有人在輕緩解衣
自度一支紘傷曲怨後
很快就可以動羅裙拂去珠殿

陳列你謝眺任昉沈約王融蕭衍徐陵江總陰鏗
詩史會騰出一面宮廷御用的臉龐
北去作客的王褒庾信虞世基許善心
哀調動過了江關又迴向詩評家的扉頁
他們在譜鑄南朝上空有煙雨迷濛
創製困乏了且去茶樓酒肆盤桓
流行來追隨時還有絲竹宛孌出脫迎賓
綴飾繫著詠貞婦彭城劉氏秋胡行杞梁妻一夥
吟唱中賺幾滴淚足夠聊備半格

此處沒有了虜家兒
僅剩漢人歌在開情趣商店
裡面多的是隱喻郎儂歡和雙關語梧子蓮子題碑
你挑走一件天黑前再補充兩箱

詩挹注增添了芳香後
大家在煙雨簾幕前目送親身下海的容顏
宮體豔遇春情老幹盼到了新枝
綑綁過七代的禁令
從現在起筆端要教它解咒
有汩汩沒稠稠還藏著小股的奶蜜
詩探說突破了這一關
你會驚奇隔壁的煽情方式太火爆
愛少了蘊藉但見顏色
不像我們慢吞吞去放蕩
得到上天的憐佑延長了保鮮期

比賽給詩化裝的靈感
來自一次無心的佛經轉讀
四聲八病通暢了
平上去入換成天子聖哲
叫皇帝老子看傻了眼
他平頭上尾你蜂腰鶴膝就得被扛上手術檯
不清楚氣類相推轂的道理也會吃一記烙紅的棒喝
既稱永明體又號沈宋體
知道它在爭事華辯這就對了
聲類韻集四聲譜四聲切韻四聲指歸四聲韻略四聲論給你按讚
詩終於見證自己卯到了最高規格的雅化途徑
那是一場天翻地覆大震盪的代價

詩人豁出去了
唱完新曲玩志怪

讓濕身穿上翅膀御風飛行
遇到藐姑射山的神人帶他一起飛翔
跟著劉安升天去的雞犬記得問候牠們一聲
地上還有煉丹士葛洪仰望你協助寫出另類能夠遐去的抱朴子
搜神記述異記宣驗記冥祥記冤魂志都在鼓譟歡呼
神異經列異傳玄中記拾遺記神仙傳幽明錄齊諧記也想竄來臺前
沒有人阻擋得了它們帶著鬼臉赤腳跑天下
偶然相逢就變給你看一則毋須校勘的傳奇

風聲鶴唳準備在西牆外發威
女巫會被送上火刑臺垂直燒烤
一把紡錘梭出的名字內有魔鬼背書
紀錄寫明那些都是他的情人
速速焚炙只駭怕她們騎著掃帚從煙囪飛出去
幽會一宿世界就該讓瘟疫樂透半年
穀物歉收牲畜流產男人陽痿婦女不孕戶政失守

最後撲滅柴堆的是一輛蒸氣火車
它嘟嘟響嚇醒沈溺十數個世紀的睡夢
上帝召回撒旦傳令暫時不玩了
我們瘋迷志怪眾神鬼隨你瞞天過海
從來不擔心私釀的奸宄偷溜四處孿生

詩思遍地開花
沾溉到一群後設玩家
蕭統用事出沈思義歸翰藻網住了一部文選
四言五言三字九字讓他們分轡並驅
劉勰抓牢體要口訣孵成曠代傑作文心雕龍
志足情信才巧飾給了鋪采摛文萬世不磨的典律
鍾嶸雅痞賞鑑過站不停有詩品浮現
貴氣輕質左右了詩人的升沈
范曄獄中與甥姪書裴子野雕蟲論蕭綱與湘東王書也趕集上場
在擂臺邊守舊趨新相鬥法

文質彬彬站在一旁觀戰不說話
很少人喊累

你懷疑的幾時王謝堂前燕
怎麼飛入了尋常百姓家
陶弘景的嶺上多白雲不堪持贈君會加入解答行列
北地還在耽戀斛律金的敕勒歌
天蒼蒼野茫茫風吹草低見牛羊待在底下的人全部仆倒
這裡仍有多過謝眺的遊東田梁簡文帝的折楊柳和蕭慤的春庭晚望
想看新出廠的蘇蕙迴文璇璣圖
就得接受有個名叫竇滔的負心漢跑了
不必尋覓邏輯關連
它是最多濕意被掛念的時代
煙雨迷濛的南朝上空不迷濛煙雨

# 佛渡有緣人

金人入夢
驚瞿了一代帝王
遣使西去求法
白馬駝來經
地表聳出一座寺廟
它要終結兩漢
沈沈的劫數

泰山瞬間變成地獄
你是生人勿近
那兒有鬼卒惡魔在徘迴
邀齊藥師佛彌勒佛阿彌陀佛
用魅力鎮守四方
讓觀音文殊地藏普賢眾菩薩前去化緣

順便渡幾個王公貴族交差
指天劃地的釋迦滿意了
他說法四十九個寒暑
摶到兩千多年中土的懸念

三法印搶先登場
你的諸行無常
配上他的諸法無我
還給大家一床涅槃寂靜
我則在等待
最後綿黏的開示
那邊有濃膩的噎聲
釋子追到無言的歸屬
印可的音量究竟幾兩重
長阿含中阿含增壹阿含雜阿含擺出來就知道了
經籍想要逃離

文字不讓人進去窺秘
學僧撿起一堆嘆息

苦集滅道
自己進來封為四諦
勞你詮釋時多加翻尋
錯會了一個就要賠上百年身世
流轉回來已經認不得娘親
諸苦源自集聚
熄滅它靠八正道
正見正思維正語正業正命正精進正念正定全是正字標記
不容有人混沌走出一條歪路
空蕩蕩的佛門最終發現
拋不掉的包袱還在道上裝填石礫

十二因緣也來報到

從首支數至末支往返一趟
順生輪迴還滅則解脫
口誦無明行識名色六入觸受愛取有生老死
像不像一部唸佛機
碰到急處停住煩惱就從那裡開始
解了無明後面還有新的無明
娑婆世界永遠鑲嵌著滾滾紅塵
想念它便會得到一片淨土
足夠你參白了髭鬚

東遷的頭陀
個個穿戴特異功能的簡歷
佛圖澄單腳領銜
鳩摩羅什尾隨助陣
役使過了鬼神搞玄術
表演陰陽星算後舉匕進針

把別人的媿服一股腦吞食進肚
移形幻變預言圖讖入火不焚看凸了信眾的眼睛
最大咖的只憑一葦就渡江去
風靡到檀城連牲畜都想來頂禮學藝
理義跑出門
佛在跳腳
沒人理會它醞釀數百年的最上境界

這邊有人在吹彈沙門不敬王者曲調
完畢後取走滿篋的布施
光影陪著胡亂跳盪
滅惑論隱約從異地鬧口悶響了三回
破國破家破身僅說者一人聽見
經律論照樣翻江倒海前來
眾生膜拜它的靈驗
忘了裡面藏有嚼食細繹的籲請

倡議神隨形逝的人可樂了
對手早已排出一長條的矩陣
等著狙殺他的突擊
鵲起的名聲正在被它豢養壯大
人之生
譬如一樹花
同發一枝俱一開蒂
隨風而墜
自有拂簾幌墜於茵席之上自有關籬牆落於糞溷之側
墜茵席者殿下是也落糞溷者下官是也
貴賤雖復殊途因果竟在何處
范縝給歷史刻上了記號
矇混過竟陵王子良
又來消遣我們的餘生

禪師放空天竺
來華夏秀一段神通
種植幾粒菩提果
建業都城嵩山少林寺就滿是他們的足跡
最末達摩颷至掠走先機
一語一默忙煞了門裡門外漢
千年後還不停猜測他面壁九年圖到了什麼

梁武帝：「朕即位以來，造寺寫經渡僧，不可勝紀，有何功德？」
達摩：「並無功德。」
梁武帝：「何以無功德？」
達摩：「此但人天小果有漏之因，如影隨形，雖有非實。」
梁武帝：「如何是真功德？」
達摩：「淨智妙圓，體自空寂。如是功德，不以世求。」
切記佛只渡有緣人

# 糧荒中道要出走

道不可道
聞它幽眇冥漠
只在螻蟻稊稗瓦甓屎溺間烘托顫動
不敢擁抱你我的意識
情感認同會給一個通俗的名字
隨便它周流六虛

看旗竿上的風向
就明白道無為無不為
殺伐後有餘甘
嫉妒是最大的不敬
它先天先地又自本自根
潛入海底望見眠床想私了
大鵬說不行牠還沒拍擊三千里

摶扶搖升空也是有待
不如鵜鶘朝飲一滴泉露
就這般被議論久久

清談誤國了
道要跟飢餓一塊起義
廟堂已經藏不住身
抄傢伙可以保值
老聃西去渡化希達多一幫人
讓佛回來宣講
發現此地的道面有菜色
張道陵立誓過了
繳交五斗米就准你軋一腳
張角也高舉半張看板
唸一段經文後百病全消
符咒肆處黃天當道

綁條頭巾從新當一個男子漢
闖進官府道就自由了

不學漆園吏賒貸過活
涸轍的鮒魚得翻身自救
守柔藏拙務虛會空白一身
齊彼我一死生和是非也解決不了肚皮的牢騷
從上下亂套的那天起註定道要出走
祈禳天神護佑便捷到你我的神經
擺脫草莽找著丹鼎短距離投擲
魏伯陽葛洪陸修靜的名字紅上了半邊天

嶺上多白雲
不堪持贈君哪
發狠誓的陶弘景完成殿後一個儀式
鼓舞周易參同契抱朴子合力綑綁太平經

煉成了一顆九轉金丹
準備服過百代人後讓道徹底昇華
沒命沒德的帝王想用屁眼偷吃
就會暴斃在腸道
只存一口氣呼喊救救救我
它是道的最新禁忌

先扮漢末的賊寇
歷經魏晉招安後改行當閒官
在那裡屈服像隻小貓
南北朝的主子也都相信這一套
出走的道填空隙拚命撰述
真誥太清丹經九鼎丹經金液丹經三洞珠囊大洞真經黃庭經靈寶經
只想跟佛書比金價
無暇去紀錄大地荒蕪
剩餘的修道人搖晃腦袋吞丸子

白日遐升的神仙傳幫你登錄
行踪飄忽的註記莫知所終
靈異事件簿有了另一種悠然的容顏

沒出走的道子道孫
沉睡在典籍裡
玄學家把它空虛一遍
人法地地法天天法道道法自然自然法無
無語無名無形無聲無為所以能無不為
老子一理在字裡行間漂泊成萬殊
都從無處來
安時居順哀樂不能入莊子心悸了
此後聖人被擡出場強制他拒收情緒規條
辯者也有滿肚子話說
至人用心若鏡不將不迎應它不藏能勝物不傷
換作聖人鐵定一副有情不為情所累的模樣

道通來通去都在相同平臺上比劃吐納術
不管它有沒有飽飫

獨化說靠邊崛起
物無故自爾乃自爾就是這個道理了
萬般人事各任自為社會就該鬆弛
無為逍遙齊物絕聖棄智統統找到了處境掛搭
你我無待大化終於底定
一群書生玩夠了紙上遊戲道才要開始窺伺出路
茅山上的兩口爐鼎燒得火旺
沒被紋身的人都為你排入真靈位業圖
守登真隱訣合丹藥法度效驗方便會出線
等著啟蒙的道結果開竅了
從符籙齋醮科儀中出走再出走
頻繁教人練就厭食症以解決糧荒問題

藐姑射之山
有神人居焉肌膚若冰雪淖約若處子
不食五穀吸風飲露
乘雲氣御飛龍而遊乎四海之外
其神凝使物不疵癘而年穀熟
古之真人
不知說生不知惡死
其出不訢其入不距翛然而往
翛然而來而已矣
不忘其所始不求其所終
列子御風飛行搶走排行榜第一
縱浪大化中不憂不懼
被酒誑醉的五柳先生也攀到了驥尾
他們都夢見了沒飯吃的日子有道方便止飢

# 政權更迭太快隨你

佛專渡有緣人
道從糧荒中自行出走
南朝的上空仍舊煙雨迷濛

一百多年輾過
地面很頹唐
泥濘了幾家人的雙腳
細看是宋齊梁陳
前頭還沒斷尾
後繼就搬來斑駁的磚塊
砸出一方洞
請歷史去偷雞修補
縱欲滿點皇城

美女悍婦都上了發條
她們要公開走跳
讓龍床失去最後一根彈性
把對方的薄命送掉

國祚抵不上好色風
頭兒競相效法萬人斬
羊車行幸的典故還在蒸餾
又有豪門酷斯拉進去翻雲覆雨
昏君妖豔一起迷迭香

淫靡吹入匈奴羯鮮卑氐羌的領地
釀製了無數的人面獸心
野性中土兩邊分佔
養肥一隻石虎
四萬個女人成就他的性癮頭銜

恐慌遷延到後來的食人色魔

元嘉草草封狼居胥
贏得倉皇北顧
異代辛棄疾一闋永遇樂
忿恚南朝的人主心死
旦夕征戰挺進朝堂
鬥敗的拱手交出後宮佳麗
輪流穢亂娛戲
性變態就這樣長大了

那廂有豬王稱帝
這廂就備妥脫衣陪酒
殺幾個搗蛋鬼只因為她們伴遊不力
狂歡便宜湊對叫陣
膩嬲了睜眼才知道已是世界末日

煙雨迷濛過的南朝上空
色相灰撲中有股殷紅

大盜移國金陵瓦解
哀江南賦刺痛了一代文豪庾信
王謝門前從此糞土推疊
色胚晉身的梁朝武帝急出斗大冷汗
叫劍雨入宮說佛
還是擋不住侯景攻門
一夕間建康城千里煙絕白骨成丘
他的佞佛大業遇劫餓死了

蕭家班奮起翦除亂黨
藉力卻又壯碩到西魏宇文泰
元帝流轉變成土囊壓迫下的冤魂
被圍城時他的使命仍在吟詩讀老子

等候差遣一把火燒光珍藏的十四萬卷圖書
「讀書萬卷，猶有今日，故焚之！」
捕捉者得到他這句浩瀚的回答

禽獸王朝還給了北國
此地依然酷愛玉樹後庭花
男風吹來照樣包養
陳氏一族完劫末代還當上了盜墓的神鬼玩家
馬賽克的實錄荒淫皇室至此最多驚悚
龍床中國外添鈐印加料
尚未退潮的本色淡出淡入隋代後苑

政權旋起旋落
寢宮是唯一的溫柔鄉
帝王都過足了癮
死去前忘記還差一縷哀號聲

那是紀念品
要留給枯瘦的文章
拍馬屁的宮體詩人別來叨擾

鹿苑賦
玄圃苑講賦
大乘賦詳玄賦
頭陀寺碑文
檄魔文
千僧會願文
懺悔文
破魔露布文
褚淵碑文
陳仲弓碑文
齊安陸昭王碑文
佛影銘

釋迦文佛像銘
彌陀佛像銘
新刻漏銘
石闕銘
宋孝武宣貴妃誄
齊竟陵文宣王行狀
劉先生夫人墓誌
祭古塚文
祭顏光祿文
齊敬皇后哀策文
被志怪拋棄的就這些東西了
史志還想硬擠增加什麼

政客像尿布
得隨時給它更換
美國脫口秀藝人來不及遇見

換了尿布的政客還是一樣
詩或不詩隨你

# 初唐美算一份

白晝中
轉讀了佛經
撿到一斤聲調
平上去入各自帶著四兩重
奔走夜空
有星星在流淚
翻頁後
剩幾個朝代
文人好整以暇
加碼吐屬
稱產量
叫嚬

離騷多嚷了纏綿

詩要協尋趙代謳吟
鄰居稱賦儘管體物而瀏亮
五七言噴湧正是在變徵你的長短句
大家都相約有情就發
形象拋棄了裝飾

直到四聲八病滾過邊地
才驚訝旋律有點叢脞
整容的呼喊漫向京城陬邑
節奏得令也宣誓要快快出境
一起鬆開沾黏的長夢
句式散點播送
活了一部文學史

美感偷偷藏在平仄相錯裡
抑揚抗墜又響外別傳

讀起來靈氛會顫動這就對了
獨有宦遊人雲霞出海曙忽聞歌古調
試試按節沈密恬吟
說詩晬語肯定讚你一聲精妙呀
浮聲切響久了口條得參互
選韻疊韻轉韻逗韻湊數來督陣
它們分到了一半的遊戲三昧
緊張或疏宕前去調侃
啞滯晦僻就閃過了
批評家左一語動合天然
右一句神采飛揚
死去的詩魂統統得到最新式的拗救

平聲平道莫低昂上聲
高呼猛烈強去聲分明哀道
遠入聲

短促急收藏
貞一齋詩說給出的歌訣
像餐後的甜點
讓味蕾彎成一輪旋轉壽司
圓潤在眼前晃漾
少了蹇吃

暈開後
東董寬洪
江講爽朗支紙縝密
魚語幽明佳蟹開展真軫凝重
元阮清新蕭篠
飄灑歌哿端莊麻馬放縱
庚梗振厲尤有盤旋侵寢沉靜覃感
蕭瑟
屋沃突兀覺

藥活潑質術急
驟忽月跳脫合盍頓落
王易詞曲史如是說
從此發竅在音徵色有象
黃鐘大呂密管繁絃隨你擺布
初唐不再歌颾風狂嘆垓下
許了一朵美美的
出水芙蓉

芙蓉要上樹
不可以用嘴瞟褻玩
放膽罵人走狗瘋狗惡狗
癲皮狗哈巴狗狗腿子狗崽子狗奴才狗東西
狗強盜放狗屁狗血淋頭狗屎
禿驢豬玀懶蟲畜生老狐狸忘八羔子
斷子絕孫討債鬼殺千刀死不脫

他媽的幹操靠婊子屄屌騷貨狗娘養的
妒佞妨奴妖奸婬娼嫖姘姦嫌嫉娸嫚婾嬾媸
犯猥狠狎狂獷猖獗猙獰狡猾獄戾
字族說一概不准

俗人來軋戲
別教他餓娥蛾峨鵝哦
色狼黃牛蛇蠍糊塗蟲膫市雞卷
棉花蔥花油花爆米花菜花
花呢花哨花蝴蝶花名冊豬花交際花
鮮花插在牛糞上花痴
勃起洩漏春光買春叫春
玉體橫陳小屁屁北港香爐人人插
沒空欽點就收起來
出場會見光死

好吃客到此止步
你訂製的燒煮炒烤煎炸蒸烘焙燴熏熗煲烙煨焖燉熯熬焗
筆墨紙硯做不了一道好菜
什麼春宜羔豚夏宜腒鱐秋宜犢麛冬宜鮮羽
不忌葷腥也很容易欲火焚身
佛跳牆螞蟻上樹霸王別姬紅頭綠鸚哥一卵孵雙鳳
這副饞相神仙看了都想拱你上西天
茅台紹興五糧液女兒紅汾釀劍南春瀘州老窖
更不能叫它們出來走臺步
憑虛賭一個酒字
讀者就會陪你醉上半天

詩有靈襟斯無俗趣矣
有慧口斯無俗韻矣
陸時雍拽著詩鏡總論搶到了結語

# 氣象渾沌歸盛唐

時代將巨輪推出來
看到它的痕轍很凹折
裡面窩著打鼾聲

王楊盧駱已經攬去五言律的大成
他擁被孵稿我狂掃點鬼簿
你服丹瘳廢隨博徒匿踪
名聲拱手送給了上官沈宋體
那邊李蘇杜崔四友也搏到一塊版面
不被披靡的只剩天下文宗陳子昂
滕王閣早春遊望感遇都浸濕了
一道簡易光譜中有炫彩

詩走過初唐乍開的唯美路

半途捧紅了燕許大手筆的張說和蘇頲
吳中四傑跟著出場喊陣
賀知章張旭包融張若虛的名字早已連接貼到天邊
春江花月夜一曲唱紅大街小巷
不願落幕的還有回鄉偶書
敢問酒後戳動了誰的綠神經
應答的是草聖張顛
他隔代化身變成米芾
都想要一筆勾走濃醺的線條

登場序輪到大咖
詩仙詩聖詩佛儒釋道一起發達
李白自癖是天上謫仙人
佯醉叫高力士脫靴楊妃磨墨唐明皇餵他吃點心
吟畢清平調後就該掃地出門
翰林大學士那份閒差不幹也罷

寫詩還得去外面放浪形骸久一點才能讓文字跳舞
終局是將進酒完到水中撈月把聲譽帶回了天庭

杜甫每次都用飢餓懷念李白
兵亂逃亡也要靠新安吏石壕吏新婚別垂老別來療癒
車轔轔馬蕭蕭行人弓箭各在腰
新鬼煩冤舊鬼哭天陰雨濕聲啾啾
攥緊了兵車行也救不到一部大唐中衰史
兒子餓斃自個兒猛吃別人的施食脹死
詩文集都是電視劇裡的紅粉知己幫他蒐羅纂成的
還回盛唐時空那詩律細的風采篤定
隨便都強過他的先祖卯到一座魯靈光殿的首席獎盃
迭代揚名詩史只有他這一家

王孟高岑四大支有佛號的居前
一句萬戶傷心生野煙免除了他的從逆罪

在輞川結廬給竹州花塢環繞吟詩作畫中就升格了
野曠天低樹江清月近人
田園山水空靈禪意紛紛長腳帶走紅塵
他號摩詰居士自鑄了一爿典範
隨後同好孟浩然只因吟出不才明主棄玄宗就叫他回家吃自己
鹿門山成了最新的隱居地
詩體仿效陶淵明又兼學謝靈運一道烘焙大家
磅礡出入鮑照樂府的是高適
清楓江上秋帆遠白帝城邊古木疏
他在邊地慷慨傲笑震盪了一群胡兒
岑參跟進往來鞍馬烽煙數十年
壯吟胡琴琵琶和羌笛風掣紅旗凍不翻

殿後看另類酒色財氣
黃鶴樓一詩色鬼崔顥把唐律壓卷美名旋了去
就算不護細行也扳不到王昌齡的出塞絕句

只為了詩家天子王江寧的封號早就讓給他頂戴
兩首涼州詞是酒徒王之渙和王翰的悲歌
羌笛啊你何須怨楊柳
春風是不會渡過玉門關的
莫笑我醉臥在沙場
古來征戰有幾個人回得了家呵

記者就別歪鼻逼問了
我們好色酺酒像大無賴
還不都是盛唐詩人要有這一格
否則旗亭賭唱那種風流韻事教誰來編撰
當時王之渙可是將他家美伎塞在眾伶中才博得大頭彩的
這個祕密只許風知道
它把最好吃的美感吹入最豐盛的朝代
好啊宛如九天銀河落下來

黃滾滾的大水不結凍奔跑去東海
天仙口語儒門居心禪語妙詮盡行出籠走俏
別了小家子氣初日芙蓉彈丸脫手幫派
給你興趣看一雙羚羊掛角無跡可求
配額也有中型的滿漢全席
薰風吹遍了野地
沒有一個詩人在酣睡高眠

那時節佛涉江渡海翻越沙漠
落腳中土一邊孵蛋一邊觀候望氣
竺字頭頂長出俱舍成實律法相三論華嚴天臺真言淨土各大門派
再讓禪宗拔尖總結歷史的滄桑
從此禪理禪趣像郵包橫空出世搶先機
切韻經典釋文史通語語分辨送到家
草色青柳色黃桃李花香
養壯了最近一群新聲

跳出來應和的是人間第一批通地氣的傳奇
古鏡記補江總白猿傳遊仙窟枕中記離魂記有點就發
繁茂去的有霍小玉傳南柯太守傳李娃傳鶯鶯傳
杜子春聶隱娘長恨歌傳紅線步飛煙緑翹虬髯客傳一塊兒在醒夢間流連
吟哦的餘興節目靠它們補白

漢魏古詩氣象渾沌難以句摘
晉以下始有佳句可摘漢魏詩只是一氣轉旋
滄浪詩話說詩晬語都輕許了曠世發現
盛唐的天空想到就有
美酒琵琶長征飛將烽火家書強渡春風夜了
飽飫過後個個語不驚人死不休
坎壈增志生命解脫從新鼓棹揚帆
留待一炷香燃盡情性昇華
我化成煙歸去
渾沌呼叫氣象的名

# 中晚唐只剩半空疏

像馬蹄繼續踩點奔騰
詩原子詩電子詩質子詩中子詩夸克隨著動身去了
超弦彈出詩波詩粒子後也抖擻了起來
統一場論就預備給詩的超膜終結
微觀的物理世界都讓詩出三行佔滿
中晚唐的詩人什麼時候才下來卡位接駁

美在意象節奏旋律
比喻象徵陌生化矛盾語
深情奇致後彎延成行
長寬高時間引力聲音靈異
沒有止盡的空間雄渾照常藏身
鏡像對稱平移對稱旋轉對稱疊疊樂對稱
優美最會說它們的事蹟

對稱破缺到極至悲壯湧現
碎形把十一維時空交響起來
樂音就自在的飄揚
詩想大合唱

盛唐演了一齣絕世歌舞劇
突然漁陽鼙鼓動地來驚破霓裳羽衣曲
血淚競流腸斷詩在逃難
電磁萬有弱核強核力力相互牽引
動靜恆定反作用質能不滅相對論量子力學混沌複雜了
美全體出勤前往搶救
遇到電腦遺傳工程生化戰場場拖戲
詩人通告危險過頭的一律杵在原地別動
這樣濕濕絲絲就從地平線浮了上來
劉禹錫韋應物張繼韓愈柳宗元孟郊賈島李賀
金昌緒張籍元稹白居易杜牧朱慶餘李商隱司空圖韋莊溫庭筠

成串向你報到

妝罷低聲問夫婿畫眉深淺入時無
大家記得要答有
且看皇帝孬在寢宮嗑藥
牛李黨爭沒完沒了
女真契丹入侵一波又一波
不檢點燕語呢喃怎能消磨滿檔長夜
應太大聲的人當心白天做噩夢

藍田日暖玉生煙春蠶到死絲方盡
錦瑟無題誰家犯著了
李賀蒙召杜牧賣給酒家韓愈貶去潮州
沒有脾胃叫人賞心悅目
月落烏啼霜滿天
斜風細雨要歸還是不歸

孤舟蓑笠翁獨釣寒江雪回覆你
因為啊他們都在垂死病中驚坐起
一夕間就讓暗風吹雨入寒霜

詩賦拚人氣
狀元第代表畫押
山東士族抗衡關隴集團
武后的勳績一半被史家覷見了
去曲江飲宴上慈恩塔題名
在傾城縱觀中一天就看盡長安花
榮寵來到叫讀書人紅到發紫
連皇帝老兒都想偷頂帽子戴戴
幾時顏色變調跑了樣
灰灰底彈不動輕青曲子
符碼頹唐辟易千里
寫詩人隱身背地裡有病呻吟

雲麓漫鈔開口了
唐之舉人先藉當世顯人
以姓名達之主司然後以所業投獻
逾數日又投謂之溫卷
如幽怪錄傳奇等皆是也
蓋此等文備眾體可以見史才詩筆議論
至進士則多以詩為贄
今有唐詩數百種行於世者也
小說在詩間出將入相
詩也給了小說極大化的欲望
然後亂世將科考迷離慝惑
功名被幽悶收走
文學志業向無間道葳蕤癱軟
不生亦不滅不常亦不斷不一亦不異不來亦不出

先立無念為宗無相為體無住為主
中論六祖法寶壇經一逕盼望筆補造化
詩人已經沒心粉飾乾坤
佛避亂遁入叢林了
儒道角色互換不成也相偕想去殉情
撐得起來的詩文都染上煙土囂塵
自己呵呵兩聲等斷氣

熵露出它的臉
頃刻變成奇異吸子
電子元件跑進積體電路在窮追一隻兔子
宇宙棋盤摻雜了低能小冠軍手
黑天使搶走駕馭星球的風光
馬前課藏頭詩推背圖都讖決過這個時代遇水不發
後來的燒餅歌梅花詩扶乩預言也回溯說它腿短欠中用
咒語符籙卜兆卦相紛紜顯示上天撤下了指令

氣數盡的歸定位其餘容許你苟延殘喘

黑洞有一個無毛定理
無窮大到了這裡不會替你保留點滴數字
運動要慢拍停止改成快速波
遷徙去新的軌跡
螞蟻擋路警告閒雜物種不准越過邊界
你只能像一條線在無限上攀爬
撞見零負數無理數邋遢數別跟它們打招呼
選美大會裡頭出了名的是黃金分割
得報上成堆加減乘除才給人看一眼伸展臺

誰讓你叫做中晚唐
滑坡的典故都從一粒碳衰竭開始
詩濕去太久文字會糜爛
只剩半空疏是命運簽結的行程

# 氣短過五代

幾
縷
炊
煙
上
青
天
白鷺不許
它們一字排開抗議

唐宋伸箸夾出五代
翻版了魏晉南北朝的歷史
上空更添昏蒙
沒有科學可以比擬

美感也擇期式微
不識蒼蒼茫茫的朔漠
但見干戈從江南的山水間殺出
梁唐晉漢周
北邊十國背不熟
只得更換尋常腦袋
苦了一群學童

溫李杜的餘沫發作
昏蒙的天空微露沁光
有詩人在調弄脂粉
花名簽給了韓偓羅隱和凝吳融杜荀鶴
灩瀲的香奩集中
無限春光
濃
纖

剛
剛
好
玉釵敲著枕函聲
拽住仙郎盡放嬌
粗
細
好
剛
剛
美嬋娟挾持落魄書生
擠在閨房內放歌
空浪漫一場

脫隊的士子
勞頓於最新的絲路上

藉敦煌千佛洞歇腳
菩薩代他們藏跡
許諾八百年後才曝光
註記的是散行講說
秋胡伍子胥唐太宗入冥
故事改名叫變文
直白不能辯證白質
只存在變體韻散夾纏吸目
截流了寶卷彈詞諸宮調的源頭
還啟蒙到話本章回小說
遺緒是曲子詞俗賦雜文皴臉
忙壞了後世一票佞古學究

長短句粉黛進場
自詡樂府新體
為詩餘鑄光

唐書音樂志發了它的來歷
自周隋以來
管絃雜曲將數百曲多用西涼樂
歌舞曲多用龜茲樂
其度曲皆時俗所知也
於是竹枝詞楊柳枝浪淘沙調笑令欸乃曲漁歌子聲喧通衢里巷
浣花瓊瑤楊春梅嶺騎省握蘭裒輯成風
趙崇祚一舉花間集多少豔魂歸隊
牛嶠李珣毛文錫顧夐魏承班歐陽彬薛昭蘊牛希濟歐陽炯
王衍孟昶孫光憲徐昌圖孫泌李存勗李璟李煜馮延巳成彥雄徐鉉
有名無名榜單長在翻刻間
大夥呼了一口舒緩氣

水無情
遊人只合江南好
窗裡星光少

輕別離
如夢如夢
不堪看一晌貪歡
南唐元宗從容套問
吹
皺
一
池
春
水
干卿底事
馮延巳謔對說
安
得
如
陛

下
小
樓
吹
徹
玉
笙
寒
君臣陶醉在新辭麗藻中
管它家國風雨飄搖
德業也是

# 亡國不說幽人

殺戮在政權更替間蠢動
國主險些捲成無名屍
有宋大祚將起
孟昶死於兩口毒藥暗羼裡
錢弘俶自提腦袋去歸降
李煜剩你一人還納不納命啊

隴西郡公的宅邸已備好
汴梁軍興也兵臨城下
你跟群臣整日的希熱酣宴
很快就要冷成以淚流面
沒有詩讖來一起決斷
亂離中異地但藏著兩樣風景
者邊走那邊走只是尋花柳

那邊走者邊走莫厭金杯酒
人家王衍的醉酒詞還在保值視覺的乳酪蛋糕
多少恨昨夜夢魂中
多少淚霑袖復橫頤
你的醒語轉眼間變成聽覺的蛋糕乳酪
都是後主最嬌貴的君王
前蜀得到了快樂頌
後唐僅能接受命運交響曲

你的帝命不尋常
只嫌太短
後主初嗣位以愛民為急
蠲賦息役以裕民力
不憚卑屈境內賴以少安
殂問至江南父老有巷哭者
然酷好浮屠崇塔廟頗廢政事

故雖仁愛足感遺民而卒不能保社稷云
南唐詩本紀寫得行雲流水
卻高調酸你沒從娘胎帶來雄才大略
丟了社稷瘗死他鄉
不知道你是用詩詞美學治理
在鐵蹄殘踏的時刻國土昇華而去

學人都在猜想你創造的意象
通感了得直逼詞人第一
背後定然有個妙手散花的繆思
她偷窺摘到了荀子正名篇的秘訣
形體色理以目異
聲音清濁調節奇異以耳異
甘苦鹹淡辛酸奇味以口異
香臭芬郁腥臊漏庮奇臭以鼻異
疾癢凔熱滑鈹輕重以形體異

說故喜怒哀樂愛惡欲以心異
五官思緒往來穿梭織就你的文字網
正在向人間的荒漠播撒
一櫂春風一葉舟
曉妝初過
蓬萊院閉天臺女深院靜
別來春半閒夢遠
雲一緺曉月墜浪花有意千重雪
紅日已高三丈透風回小院庭蕪綠
簾外雨潺潺雲鬢亂
多少恨亭前春逐紅英盡
讀下去串好疊加的興感竄動
教每個孔竅都新洗過一次三溫暖
哀悼過後胸懷就碩大了
還我活生生的人

詞評家給了你最多流蘇的冠冕
可以起一座高樓
後主目重瞳子樂府為宋人一代開山
其所作詞一字一珠非他家所能及也
後主疎於治國在詞中猶不失為南面王
予謂重光天籟也恐非人力所及
李後主詞如生馬駒不受控捉
詣微造極得未曾有
以謂詞中之帝當之無媿色矣
詞至李後主而眼界始大感慨遂深遂變伶工之詞而為士大夫之詞
捧你的人是胡應麟余懷沈謙周之琦周濟馮煦王鵬運王國維
他們更想站在高樓上

人間詞話讚嘆你以血書寫
又說你儼然有釋迦基督擔荷人類罪惡的志意
只因為你閱世淺性情真不會投湖自沈

其他就加加減減看你缺東補西
為的是要你分一半才力過來
花間之詞如古玉器貴重而不適用
宋詞適用而少質量
李後主兼有其美兼饒烟水迷離之至
淥水亭雜識很懂得刪節訣揚
他把最後一個知音攬在手裡溫渥
沒去碰觸詞人被賜服的那碗牽機藥

虞美人滿鬢清霜殘雪思難任
玉樓春待踏馬蹄清夜月
清平樂路遙歸夢難成
相見歡是離愁
子夜歌往事已成空
浪淘沙對景難排
憶江南心事莫將和淚滴

烏夜啼自是人生長恨水長東
都在一場命故伎作樂回顧中息影
天庭有你的新派令

你的國被歷史抹去了
時間彈起來當幫兇
還說快樂頌是才子的禁地
命運交響曲終究要在你前進的軌道上爬行
不論乳酪蛋糕或蛋糕乳酪
總括一句就是你都不能公開尚饗
偷吃可以
我的評語有國亡心沒被幽囚
你是一朵停在空中盛凋的冬花

# 杯酒澆出了胸中花

臥榻側
豈容他人酣睡
趙匡胤陳橋兵變黃袍加身後
靠嗅覺敉平周邊的敵人
為了給金兵南侵築一到牆
獨獨縱放燕雲十六州
然後他就坐穩龍脊
享受了第一次的飛翔

趙普摸到半版論語
就誇口可以擺平天下
宰相給他連任皇帝繼續搏命
出征都用馬馱書隨行取鏡
最想充當另外半版論語

回程驚見陸賈的名句
馬上得天下焉可馬上治天下
決定不學劉邦槓掉功臣
還百般勞苦自己禮賢下士
讓他們經手補破網的大小差事

文治覆蓋武功
擋路的老將飲一杯註銷兵權
今後就毋須再揪心煮酒論英雄了
你要仿效西施捧月或重陽醉酒請便
忘記結黨去當新竹林七賢就好
昨夜笙歌容易散
酒醒添得愁無限
馮延巳的陰魂不去又來攪局
過盡征鴻
暮景煙深淺

就叫他把酒送走春天
此地要從新公賣

方外人陳摶活過唐末五代
又前來宋都籍貫貴客
他的靈通每次都恰到好處應驗
一雙皇帝兄弟避忌憑藉越知道凶險
開張天岸馬
奇逸人中龍
作傳者稱他是華山萬古一超人
八卦爐中烹日月
陰陽鼎內煮山川
縱有石破天驚動地來也嚇不倒他
那裡儘是坐功睡功還有懶懶的神功
太祖早已輸卻了華山一局棋
希夷後又教太宗挽袖拚天命天機

多致力於文治聖學
取天下以武守天下以文安天下以禮明天下以教
能乎此豈有堯舜事業不可致哉
華山搜隱記如實紀錄
太宗因此居恆勤於讀書
每日自晨至酉得暇輒手不釋卷
嘗命大臣樂史李昉等撰太平御覽太平廣記太平寰宇記
學風自此丕變牛過有唐一代
盪出了理學風雅詞章高華藝術光彩
心有神光通萬世
人間無事不先知
紫微帝垣文曲宮宿大星小星齊奔來報到
陳摶老仙幫忙催趕了不少

史家把缺憾記在趙家的譜牒上
說他們只撈到半個中國

殊不知軍機兵略就像唐代詩人黃松所困惑過的
澤國江山入戰圖生民何計樂樵蘇
憑君莫話封侯事一將功成萬骨枯
所以嘍遼金西夏大理佔的地方就讓它們擔驚受怕久一點
我們後代總會贏一次澶淵之役的
金錢買不回來時給擄去一兩個皇帝也沒什麼了不起
大宋賬簿上就是人多
君不見那個事四姓相六帝有奶便是娘的馮道
就有一首像極籤詩的北使還京作呢
去年今日奉皇華只為朝廷不為家
殿上一杯天子泣門前雙節國人嗟
龍荒冬往時時雪兔苑春歸處處花
上下一行如骨肉幾人身死掩風沙
我們正是忌諱生靈塗炭才如此編撰劇本
不然戰車開到對方還惶恐玉石俱焚哩
版圖大小又關係你家那門子榮譽

馮道畢竟是個有修養的吹牛人
一生氣節都來自他的軟骨頭
你瞧他還有一首天道詩在教大夥怎麼通順噴氣哪
窮達皆由命何勞發嘆聲
但知行好事莫要問前程
冬去冰須泮春來草自生
請君觀此理天道甚分明

評論家說馮道清廉嚴肅淳厚度量大
那就是我們開國以來特大的象徵
他自己在虎狼叢中也立身
我家朝野把文化餅做大有一天海岳就會來歸明主
試想王審琦石守信的頭銜被奪入袋
也只是一席話工夫
曹彬趙普守住崗位大半輩子沒摸過一條魚
他們站在那裡就像給家國買了保險

很愛那一對不倒翁
風雨如晦他們雞鳴不已

再說被白雲拴住的陳摶老仙
他的一片閒心到處
莫不袖裡乾坤藏天命壺中日月隱天機
神術初助趙匡胤登極
心通再佐趙光義建儲兵取河東
土階茅茨無礙他喜歡以無字教人
那又是我大宋最窩心的資產
要說杯酒釋兵權的成就
請看大家胸中有朵燦燦的花被它澆出了

# 抗衡理學的距離

廷杖腐刑裝袋毀棄後
書生的命開始沈甸甸起來
講話分貝徒地升高三級
先天下之憂而憂
後天下之樂而樂
兩句儒家信徒最夯的靈語
繞在舌尖連暗夜也會燃放光明
為天地立心
為生民立命
為往聖繼絕學
為萬世開太平
四句孔孟傳人練就的新咒術
沾點邊百毒不侵妖魔遠離
岳陽樓記西銘正蒙太極圖說定性書都給過見證

立德立功不立言三不朽減免一格
最恆久的惦念擔負杳然他去
腳鐐脫卸心在跳舞

佛老走進來即興表演
圖書象數聚散顯隱虛空中有浮屠山河
周敦頤邵雍張載程顥程頤搖曳幾次
他們的語彙就跑遍大街小巷
「子知雷起處乎？」
「某知之，堯夫不知也。」
「何謂也？」
「既知之，安用數推之？以其不知，故待推而知。」
「子云知，以為何處起？」
「起於起處。」
伊川逗趣康節閒言閒語一籮筐
只為著佛老還在背後相挺

最光亮的是程頤老先生
他的名字浮出地表就能聽嚇一堆學生
二程隨侍太中知漢州宿一僧寺
明道入門而右從者皆隨之
先生入門而左獨行至法堂上相會
先生自謂此是某不及家兄處
蓋明道和易人皆親近
先生嚴重人不敢近也
宋元學案為他的個人專集添加不少私房景點
伊川接學者以嚴毅
嘗瞑目靜坐游定夫楊龜山立侍不敢去
久之乃顧曰日暮矣姑就舍
二子者退則門外雪深尺餘矣
後人都說楊時游酢特能敬師全被教科書騙了
程頤老先生每每心中有妓卻咆哮哥哥宴席快活

連哲宗折條柳枝他當侍講也要發嗔咕噥一句
「方春發生，不可無故摧折！」
對於改嫁婦更不鬆口嫌她們腹笥太空沒聽過
「餓死事小，失節事大。」
天王老子市井小民就這般任他一陣焚風旋來繞去
理學大家的封號他夾帶入夢很過癮

朱熹陸象山哆嗦上場
一集鵝湖會把心性論分成兩齣戲
堯舜曾讀何書來
若某則不識字亦須還我堂堂地做個人
陸的心理不容有二朱可不買賬誓言辯論到死方休
朱以陸之教人為太簡
陸以朱之教人為支離
宋元學案的作者把兩造各打五十大板放行
卻不敢透露他自己又該槌幾次屁股

等到跨代王陽明出來將程朱一干人等收拾乾淨
獨尊陸說流風停止但又虛無厭學氣息當道
梏囚人心數世
只是戲謔了一場

幸好文學還巴在脣間
有心遒會
遇到高明處
就蹦出一顆驚奇給路人
自喜新詞韻最嬌
小紅低唱我吹簫
詩詞歌賦乘機兜伴擺陣勢
美感要跟理學比業績
不在意天高皇帝遠

理學家正經讓人眼斜

皇帝也想叫心出去溜躂
七修類稿就把這樁道理掀開鍋蓋一筆講清楚
小說起宋仁宗時
國家閒暇
日欲進一奇怪之事以娛之
故小說得勝頭回之後
即云話說趙宋某年云云
此後說鐵騎兒說經說參請講史書在幽明間滾動串燒
彼此觀落陰看誰虛擬的煙粉靈怪公案搏刀趕棒發跡有活路
蕩漾不已的還有傳奇大業拾遺記開河記迷樓記海山記梅妃傳
它們的念舊指數七

佛教講唱文學醱酵
啟導了話本小說
又來沾溉戲曲
散曲概論的作者任訥想發覆

曲之單調名小令
合單調若干成套為套數
一套或四五套而插以科白為雜劇
他沒矇對的有半碗公
那關係著此中靈感源自佛經的韻散夾陳
起點說法僧人的翻唱偈語
宋代都卯上了又再綢繆新奇
一部文學史得翻過來重讀

結語是讓人間穿戴美聲美文
靈魂才有空間鬆綁自己也鬆綁別人
兩宋文士抗衡理學的距離很寬敞
成疊的書頁卻少察覺

# 兩宋詩詞分家

兩包極端的人相碰
撞出了岳陽樓上一副對聯
呂道人太無聊八百里洞庭飛過來飛過去一個神仙誰在眼
范秀才煞多事數十年光景什麼先什麼後萬家憂樂總關心
詩詞不敢互讓
它們要吃人間煙火
也教主子拖地洗手作羹湯
只是詩家走到兩宋禪味濃重

土僧希晝保暹文兆行肇簡長惟鳳宇昭懷古惠崇九極數
齊截讓詩背著禪道殉路已是後學追趕難企的老闍黎
西崑體臺柱楊億名士蘇軾王安石黃山谷尤為裸愛藉禪出脫
南渡諸公陸游范成大楊萬里龍袞沒事一樣治禪成風
他們都嗑到了一抹綠油油的無生法忍影底

正想從草上飛去潭泥出華苦樂泯跡日月取鑑不著
「何得燒我木佛？」
「吾燒取舍利。」
「木佛何有舍利？」
「既無舍利，更取兩尊燒。」
緊悟處反常合道禪趣成詩語旨遙深在有無間
空寂方便舟渡詩人助宋添過花錦再許一把切玉刀
兩手欲遮瓶裡雀四條深怕井中蛇
清坐小亭觀眾妙數聲黃鳥綠蔭間
多少長安名利客機關用盡不如君
解脫道在眼前不說破意老遠杳字字修禪觸處生春
不能問歸途沒有飛鴻痕跡野花在自發芳香

尾聲禪心沒能創體破格
詩只好黯然銷魂去了
美感的寶座禮讓給剛飽水妍透的詞

它恰巧要像一條龍騰空蕪飛
落點在歌場的競技中

自來詩三百罕教脣吻跌宕後而有樂府
樂府小小兵抑揚不便促銷從新產出新樂府
新樂府索價長詩化難忍它移情別戀於是請來小令
小令後又有套疊層層繁殖參互美不勝兩眼轉譯
詞采早向唐五代嫵媚精品兩宋榮獲
雅韻把到了機會活進活出
終於附庸蔚為大國

理學家攬霸詩壇不成
更茂長了禪風
長短句背向越走越減詭雷
河南程氏遺書中的主人翁已經死過一回
他詆譭杜甫詩穿花蛺蝶深深見點水蜻蜓款款飛叫人家無地自容

卻又獎嘆呂與叔吟哦獨立孔門無一事只輸顏氏得心齋
張冠李戴脅迫孔顏給禪座叩頭
縱使秦觀辛棄疾在詞中捕禪
醉臥古藤陰下了不知南北
不知更有槐安國夢覺南柯日本斜
禪還是自己識趣抽身避詞為妙

詞畢竟馬蹄蹈晚走運了
張三影柳三變影影綽綽變徵饗樂工
東坡居士靈氣仙才曲終有如天風海雨逼人
周美成自度曲多無美不備
易安清照巾幗壓倒了鬚眉語如漱玉卓然一家
辛幼安大聲小聲橫絕六合掃空萬古
陸放翁獨往獨來汰盡纖豔
白石道人朗吟曠古如午鷹高翔
夢窗自鑄七寶樓臺幽邃綿密

玉田樂笑翁脫卸蹊徑字字珠輝玉映
伶人士子共譜一大片詞海汪洋
靈均唯美從浩渺煙波中繾綣響逸
文苑再一度絕唱

春過了琵琶流怨都入相思調
今宵酒醒何處楊柳岸曉風殘月
大江東去浪淘盡千古風流人物一時多少豪傑
枕痕一線紅生玉寒窗底一簾風絮漸颯颯
尋尋覓覓冷冷清清悽悽慘慘戚戚
倩何人喚取紅巾翠袖搵英雄淚
催成清淚驚殘孤夢又揀深枝飛去
冷香飛上詩句田田多少
芳豔流水素骨凝冰柔葱蘸雪猶憶分瓜深意
只有一枝梧桐葉不知多少秋聲
詩中短少琉璃采邑只怕太多歡呼

花擠滿宋家園囿文字最風流

鶴沖天詞成耆卿綴上一句
忍把浮名換了淺斟低唱

宋仁宗睥睨他
且去填詞
從此懸掛奉旨填詞招牌淒涼走入花街柳巷
死後搏得眾妓出賻埋葬
年年到他墳前悼念
沒有詩人藏得起這種福分

蘇子瞻學際天人
作為小歌詞
直如酌蠡水於大海
然皆句讀不葺之詩耳
居士易安糾彈居士東坡毛髮如此深刻三分

有幾個大才可以這樣率性被人指點江山

詩人老去鶯鶯在
公子歸來燕燕忙
他是古今詞話最不捨得放掉的人
有客謂子野
人皆謂公為張三中
眼中淚心中事意中人也
子野云何不目之為張三影
客不曉
子野曰雲破月來花弄影嬌眠懶起簾厭殘花影柳徑無人墜花絮無影
此予平生所得意也遂又名張三影
誰又能跳上舞臺搬演一齣寬中有魚的白渡劇
唯有詞人足夠煎煮多多益善
他們的命格點絳相隨

# 鐵騎闖進了孵熟的勾欄

南蠻北狄東夷西戎梭哈
圍困一個中國
黏著泥巴的地圖忽大忽小

黃帝混蛋蚩尤
西周死節於犬兵
秦始皇囊收六大國
漢喝逐匈奴
南北朝拚巷戰
突厥契丹女真金人次第壯陽
蒙古韃靼卯到殘局
昌了元帝國
歷史改版

金兀朮的餘黨還在遙祭滿江紅
這邊已經有人唱起了正氣歌
彼氣有七吾氣有一
是氣所磅礴凜烈萬古存
他哀輓一個朝代的重陣亡
就像白天不能有黑夜胡亂糾纏
待到太陽從西邊升起
漢地的氣數也融入盡頭了

新的讀書命
九儒十丐發證件
擎起勾欄兩角的火炬
冉冉映出勞苦大眾的臉
鐵騎闖入了
從新清場
乞丐列隊去守門

讓儒士洗壇
他們從秋闈考運的陰晦中走出來
目睹了最近一條規律
要命的就去唱戲
丟掉儒冠有士便好
勾欄仍在餘震
裡面迴盪著前宋冷冽的嗔怨
票戲的人你得扮裝新雅
背後有韃子會偷聽
月餅暗藏狙殺令還得久候近百年
現在委屈先吃一頓排餐
等他們老了刀棍就可以齊襲

階級從顫帳溜向朝堂
運命悲劇性格悲劇雙重數大
集團鬥爭獨軋另一廂社會悲劇

科白挑撥新寫實主義
哭泣時必須用危機掩面
羅曼主義叛定了
自動走秀的還是老派古典主義
別處有理想國神曲失樂園零星加持
此地最想讓渡自由熱情革命
人道主義反目的那是瘋子的掌上玩物
紙上幻想劇力哲學叫喚新血輸入
迷你戲殺青後荒誕會得到勝利

臉譜彩衣親厚一點
忠奸分明方便核定身邊的散客
他們吃了軟骨飯還來誆騙你我手中飛不去的節烈
猶如一千色目人專門在突擊失溫的眼睛
命令熊熊火燄舔著灰煙爬升
怒視幾石非我族類的國度

我們還要認賠一斗窩囊的赤誠

瓦舍點燈開張
有錢人養戲得到了許可證
掛出劇碼兼行接收犒賞
隨你要涵天地舒造化
抑或驚異一回合風雲變態
都請看斜陽外

腳本抖擻起來了
虛虛實實為的就是吊足美學的胃口
詠物毋得罵題
卻要開口便見是何物
不貴說體只說貴用
佛家所謂不即不離是相非相
只於牝牡驪黃之外約略寫真風韻

令人彷彿中如燈鏡傳影
了然目中卻捉摸不得
方是妙手
山律的作者如此剖白
他的一音定錘也盧上了舞臺

文士被官帽拋棄
在伶隊中撿到了安樂窩
鐵騎打烊
孵熟的勾欄乘隙宵夜
漫長的食譜進補那一段打盹的歷史
只知道它蒙古包侵入掀底風去
政經瀆白文化丟了一撇
宋明理學還有兩朝唾沫在噴漙
脫略有元表示它嘴上乾涸
吟不出半句應景的哲思

更甭問誰能寫意出場人的履歷

元遺山正在路送秦中諸人
今夫世俗愜意事
如美食大官高貲華屋
皆眾人所必爭而造物者之所甚靳
明年春風待我於輞川之上矣
他隱去行色比鐵騎匆忙
虞集留在尚志齋說項
浚儀黃老先生替兒子送來中等束脩
他一邊督課一邊還須藉筆向黃濟絮叨過
安逸順適志不為喪患難憂戚志不為懾
此立志始終不可渝者也
況吾黨小子之至愚極困者乎
書成那嫌薄名分的詩文首席也離地輕逸了

# 曲當元老大

詩出追風
楚辭加溫感淚
賦包山包海撩人心魄
樂府彎曲走入里閈
小說唱和拉起一條長虹
古體從新開高
近體借佛在修補遺族
詞調配檔次
曲歡慶歲末大豐收
美竟流行
文學中國喲尺幅千里

元元漫進異族苦行
由曲當它的老大

救活了伶園沈悶的死氣
消渴到文人一輩子的潦倒
那時空心要等待蜿蜒
歌舞戲優雜戲綿亙演實
大樂雜劇南曲北曲遇折叫座
諸宮調被變文傳奇了
就在烈日燒烤後的晚霞餘暉中喧闐
戲子登臺跟歌舞纏綿
耳娛目眩到你我純純的幸福

講唱西廂搊彈詞董解元發了
劉知遠諸宮調天寶遺事諸宮調殿後疾趨
一個曲牌著迷複沓歌詠一樁故事
孔三傳紅過還來異代指點江山
楔子折數曲調腳色連說帶演
作科賓白胡樂漢舞軋戲就准它過關

嘈雜緩急抒情詠物零障礙
滑稽挖苦嚴肅勸勉興亡悲嘆叫一切格備
伉爽孤憤的人都買到駐顏術
不在意外面的炎炎赤燄

散曲接替詞取走詩的位子
還孿變過後世的彈詞和民間小說
前後左右薰染一缸心事無數的情種
關漢卿馬致遠白樸鄭光祖王鼎點了名字就會彈跳出來
徐再思貫雲石喬吉張可久楊果曾瑞張養浩元亨還約好一起出世
自送別心難捨一點相思幾時絕
夕陽西下斷腸人在天涯
糟醃兩個功名字
半窗幽夢微茫
盼佳期一半兒纔乾一半兒濕
身似浮雲心如飛絮

情未足夜如梭
料今宵怎睡得穩
塵埃三五字
曲曲如意看消散心在闌珊
情沒退美聲帶走靈魂

王關馬白許他們獨佔戲劇的鰲頭
仿如花間集美人瓊筵醉客朝陽鳴鳳鵬摶九霄
朱權評價片言就定乾坤
西廂記中有凱旋歌
竇娥冤是最不得不見光的悲劇
漢宮秋送出王昭君恨意蹉跎到今天
梧桐雨遺憾沒能讓唐明皇找回楊貴妃
風骨磊塊詞源滂沛
若大鵬之起北溟
奮翼凌乎九霄

有一舉萬里之心
朱權又賞了那位愛上九霄人一桌大餐

配額高鄭庾吳武李石尚王楊戴記
常客勾欄瓦舍作浪興風
僅有雪裡梅花荷花映水瑤臺夜月劍氣騰空山花獻笑羅浮梅雪
外加洞天春曉遠山疊翠庭草交翠奇峰散綺鳴玉佩鑾金瓶牡丹
要看戲聽嗅覺他們就會端著打賞箱出來迎賓
誶范睢後庭花凌波夢東坡夢玉壺春度翠柳銀票差可
秋胡戲妻單鞭奪槊五丈原醉寒亭風光好細柳營碎金也行
總得忘掉鐵騎的臉色最屌
散場後兩腳要入夢

流涎鄭吉宮李沈秦張
曲風由北南漸多挑不嫌棄
就像醉客瓊筵鼓浪神鰲雕鶚西風月影梅邊泣珠老蛟孤松峭壁刷羽彩鳳

但存剩餘卻無妨應有的盡有
只要沒看見鐵騎的聲響耳朵不會欠踏實
嘴巴還可以爭一片春風

傳奇又活過來了
他是傳唱再奇特後的新口味
鍾嗣成錄鬼簿絕愛跟它們搏感情
把杭州當成集散地
荊釵記劉知遠拜月亭殺狗記四大銀入金出
文辭或秀雅或質樸或美體或粗夯可頌
居末琵琶記暢快得想要變五大
劇作家夜案燒雙燭自鳴
填至吃糖一齣掉出糖和米一處飛的新句
雙燭頓時光交為一
神奇了滿壁虛影

無名氏貢獻的有名作
更多滋潤澤被到後世的通俗小說
諸葛亮博望燒屯小張屠焚兒救母漢鍾離度脫藍采和蘇子瞻醉寫赤壁賦
馮玉蘭碧桃花貨郎旦連環記百花亭盆兒鬼馬陵道神奴兒小尉遲凍蘇秦
來生債鴛鴦被風魔蒯通陳州糶米隔江鬥智舉案齊眉三虎下山
它們隨時都能再背夢發威一次

曲首尾綁了彩帶
嬌柔摩挲一顆滄桑的心
駐聽已經有幾分酥軟
離去又能儲蓄回甘
它教耳朵忘記冰雪壓迫的疼痛
讓一個灰世紀的命運翻轉
看你從那裡遁逃
那是老大沒得比的風采

# 草莽王朝沒有詩

中原板蕩
群雄競相逐鹿
韃子尿褲跑回蒙古草原
漢地得到了淨空
朱氏王朝強入填滿
有明在開辦

鄱陽湖救駕
陳友諒紅了劉伯溫
燒餅歌練出一把鑰匙
鎖起茫茫天數
倚天屠龍記改造成一個周顛
他被扣在缸裡扔入水中
還能跳回船上救走朱元璋

神通到教人臣特要水火不侵
跟能掐會算一起才能保住小命

小明王大漢皇帝已隨風逝去
大夏前後主也銀河織女讓牛星了
貪婪權力不倒的人出線
新的江山靠血染建都立旗
燒餅歌再度為它預睹
此城御駕盡親征
一院山河永樂平
禿頂人來文墨苑
英雄一半盡還鄉
黎明前所有像芒刺在背的跟班
都給天王老子硬生生拔去了
從此陰溝中翻天覆地

徐達毒瘡發作邊吃邊哭
只為了收到一隻欽賜的燒鵝
傅友德被迫手刃兒子
隨後還得橫劍自刎
宰相胡惟庸殺死鬧市的車夫
經人告狀掀起彌天血案
滿門抄斬了廷臣陸仲亨費聚唐勝宗趙庸
夜數有幾十千人
大將藍玉受誣謀反喪命
列侯臣工士卒陪葬的計達萬餘
朱氏皇綱酷愛喋血
宮門長年在噤聲

帝王坐滿屁股
仰賴誅殺功臣名將
誰忌憚會叫你的膽子無處藏匿

新頒有一條防止脫隊的律則
寰中大夫不為君用
誅而籍沒其家
此外廷杖腰斬剝皮實草也在伺候
進場的人切記及早寫好遺書
腦袋寄著
時京官每旦入朝
必與妻子訣
及暮無事
則相慶以為又活一日
二十二史箚記說活了那一幕
滿朝地震雷響烏雲罩頂
唯有太祖一人痛快

商紂剖比干心
秦始皇坑儒焚書

呂后殺人毳
業績都媲美不了明代獨夫
他乞食偷牛出家當蟊賊的歷史悠久
蒙受的驚怖苦楚空虛統共叫天下人攤還
凌遲抽腸忍聽對方哀號
那是他此生最便宜的樂趣
剩餘就囑咐子孫來年分節補償

吳中四傑楊張徐高來報到
青丘子輪值天下
他的孤憤還在醞釀
危絕的境遇已經出現
征途嶮峨
人乏馬饑富老不如貧少
美遊不如惡歸
浮雲隨風零落四野仰天悲歌

泣數行下
評家比擬它有登幽州臺的大氣蜀道難的壯觀苦寒行的深沈凝重
但初發的漢唐氣象卻跟隨一個英年殞折而長眠
他只不過代撰魏觀知府新房一篇上樑文
上書龍蟠虎踞四字被遷怒人就遭到大卸八塊
想當年大江來從萬山中山勢盡與江流東
皇家西席還是他的頭銜
如今可憐乞不得骸骨歸故里
其他三傑或遇謫徙或死於非命
安不起富貴集體一道怯場
吳地文化人超前凋零

春雨貴如牛下得滿街流
跌倒解學士笑煞一群牛
打油能完好留著項上人頭的僅僅解縉　人
他賺到了永樂大典的編輯權

卻又坐累前衍死在獄中
論者唏噓他的節操
說川劇變臉也抵不過那一寧如有瑕玉不作無瑕石
最終同等難逃燈殘影消的惡運

剛烈只記方孝儒單個
朱棣的靖難詔書被他棄筆於地
就是滅十族又能奈我何
一句話讓他成了萬刀零敲碎剮下的冤魂
忠臣發憤兮血淚交流
以此殉君兮抑又何求
怨毒盡出慘慘慘
文字無處避難
詩在草莽王朝中嚇到遁入褌底自溲

# 有明詩人都怕錦衣衛

四五七言開路
長短句襯字陪伴
平仄對偶押韻擅場美化
詩濕了又濕
夢魘前
烘乾離去

離去不再回來的詩
遺憾仍然戳在詩人身上
他變不了熊羆又驚恐過度
只為一個翻黑的政治緊箍咒
從頭到腳綁得他氣喘如牛
旁人無奈伸不出槍手
站在山頭徒呼負負

彼地已經搞過文藝復興
詩紛然向天堂告別
科學啟蒙累進後
理性相偕自由卻又想重返它的懷抱
美感找到了併比上帝的路
創意總歸有悲壯在催生
遲了就會盼不到對方的容顏
那是他們這輩子最崇高的意興
上帝不死它也不可能落幕

中土詩人少了神的糾纏
真真只駭怕同類
特務錦衣衛穿街覓巷搜索
就是要給一個董的警告
吃素者免捐死罪

愛貪杯者不罰
只要諷喻乖乖的出去透風
象徵偶爾存底無妨

西方創造觀批可
詩擁戴了直線衝刺的特權
想像現代化後現代化網路迷踪
劇本上帝早已派定
吃濕吐絲對白自行編排
我們氣化觀法外施恩
詩人都在悃極了才起來工作
懶懶感觸一番
外放為文字珠玉
風雅如此別讓優美多事

草莽王朝摘去宰相烏紗帽

皇帝走上第一線
為了防閒官僚他把東廠的招牌烙紅
碰到誰印記就燒到誰
詩人有不能喻意聞問的傷痛
此外宦官弄權胥吏皂隸跋扈土豪劣紳作梗
他們是另類的錦衣衛
蛆爬在催糧徵稅中
活了一幅氣圖象

詩在對抗失去的流氓
寇由自取又能迴向將相王侯
漂白為君王的幾世風光
劉邦無種有子
朱元璋有子無種
都是準右布衣江左匹夫
擺脫一身寒微後見詩高貴就想汙瀆

太祖視朝若舉帶當胸
則是日誅夷蓋寡
若按而下之則傾朝無人色矣
中涓以此察其喜怒云
翦勝野聞偷記了這一段
無名作者兩腿還抖到今天

處州教授蘇伯衡以表箋論死
太常卿張羽坐事投江死
河南左布政使徐賁下獄死
蘇州經歷孫右泰安知州王蒙以黨案被殺
王彝坐魏觀案死
張宣謫徙濠州楊基罰做苦工
烏斯道謫役定遠顧德輝父子並徙濠梁
詩人擺渡被新流氓完劫
一個個尊嚴落荒而逃

海瑞高分貝罵皇帝
指著朱厚熜的鼻子說他是貪官汙吏總頭目
家中準備了棺材
詩還寄在別人的盤子裡
傳聞他不怕死不要錢不吐剛茹素
錚錚鐵漢子卻也慼美貧乏如斯

逑家撿到一片對照系
話說索忍尼辛從煉獄中出脫
一部古拉格群島大作背著他走運
途經諾貝爾獎光環加持再到逃離鐵幕定居美國
曾幾何時在他向紐約港口那尊女雕像禮拜的瞬間
有了自由卻沒有了文學
一張紀錄他萎縮在寓所門旁的老照片
病懨懨像伊凡雷帝的兒子

美利堅這座鴿舍從新囚禁了他的文思
駭怕錦衣衛的有明一代詩人
倉皇困頓照樣少去動力革故鼎新
敢情是外在壓抑切換到了末世
時空倒吊還給它自由縈心
大家通名暢快
忘了寫詩

兩手劈開生死路
一刀割斷是非根
明太祖替屠戶作了興奮的對聯
他自己當起悲情的劊子手
厚利刃砍斷別人的脖子
薄薄的歷史在追討他的腦袋
只有他一人不黝錦衣衛
門庭依舊沒有詩滾落下來

# 文字獄叫你噤聲

天佑草莽王朝
詩跳崖自盡
死亡前文字獄趕到
補給它最後一刀

詩壯烈成仁了
文字獄還在源遠流長
起始商紂殘賊暴虐
西伯竊嘆多噫了一個字
抓耙仔崇侯虎馬上逮住它政治欠正確
報上去讓他去羑里蹲大牢
項羽富貴了想歸故鄉
聽者嘲諷楚人沐猴而冠
一口鼐便成了他的肉醢地

曹操整死楊修只怨怪他捷悟提早三十里
李白被斥逐乃因清平調嫌楊妃肥胖超越趙飛燕
蘇東坡從烏臺詩案吃虧後坐訕謗就變成他的三餐便飯
元代文人都抱著戲曲躲入勾欄去冷藏仇恨
不再近距離跟詩的及時樂對著幹
唯恐爭衡過火人頭落地
依奧涅斯柯說詩人不撒謊
只是他創造的想像世界會刺痛別人的現實世界
要保命還得撒點小小的謊

君不見錦衣衛的頭子還在那邊猥集大成
閒中今古錄中有一張杭州教授徐一夔的賀表
上面明標光天之下天生聖人為世作則三帖歌頌句
馬屁拍得很響頭子卻無心領情
說生者僧也於我嘗為僧也
光則無髮也

則字音近賊也
在一番吹鬍子瞪眼後把對方砍了
皇明紀略記點狀元張信被喚去教他兒子練毛筆
張用杜甫詩捨下筍穿壁一語當臨摹字式
他見狀豹怒也將對方推出去腰斬了
緣由是堂堂天朝何譏誚如此
還有僧人來復上謝恩詩
藏意金盤蘇合來殊域自慚無德頌陶唐
大老粗閱後腦門著火
認定前句殊為歹朱合體純是咒罵
後句更加挑明在譏笑他無德
雖欲以陶唐頌我而不能也
遂斬之
一個和尚就此身首異處連領賞也泡湯了

追隨朱統領的大清皇帝

不遑多讓他們的病態紀錄
恭維說主子作則垂憲
鐵定逼你歸還損他一缸子做賊的名譽
有人亟於遙瞻帝扉以式君父
諧音字典就會冒出來審判你扉非式弒的罪孽
妄想體乾法坤維民所止的也得大當心
那是厭惡髮髡計謀把雍正去頭叫你跳進黃河洗不清
別看還有藻飾太平那個禁忌
你敢透露一點早失全家的性命就會提前註銷
在邯鄲道上偷雞的新特務
一天到晚忙著通風報信給自己安心
無妄災難在外地鬧土石流

清風不識字
何故亂翻書
死去的人早已一語成讖

還活著的人鑽入被窩等待夢見天朝崩解
避席畏聞文字獄
著書都為稻粱謀
無意玩命的就去仿效趙甌北寫隱書賺錢
那裡有一條活路

戲曲小說是詩的救贖
它們大方嘻笑怒罵又借古諷今
邀來詩人逞才氣寄閒情
另類美感飽飫可比通體舒暢
偶爾扮飾登場
保證會讓你剎那間享受一切有命在
不准吐出悲苦只能遺忘
僅僅因為人生不過是一句蕭瑟的對白

三國演義西遊記水滸傳金瓶梅

歷史神魔武俠人情都彈跳起來遊歷
封神榜說唐全傳東遊記粉妝樓西洋記
接捧呼應沒人喊停就不要私自下片
警世通言醒世恆言喻世明言
初刻拍案驚奇二刻拍案驚奇今古奇觀
石點頭醉醒石歡喜冤家
三言二拍胡亂點擊也可以一葉扁舟遊盡西湖
赤日還炎炎狂照不必畫舫

愛聽戲的人品味挪進來
傳奇亂彈海鹽餘姚弋陽樂平腔
隨便你打分數賞銀子
嬌紅記呂洞賓三度城南柳殺狗記園林午夢牡丹亭
點錯了也照常演給你看
洞天玄記梁狀元不伏老金玉奴棒打薄情郎荷花蕩錯傳輪
旁邊別有雨霧翻動如夢似幻

散場時記得撐把傘回家

羅貫中吳承恩施耐庵蘭陵笑笑生
幾個人活躍了四部經典
大木許仲琳清溪道人羅懋登竹溪山人馮夢龍抱齋老人天然癡叟東魯古狂生
無論本名或化名都不關你曚他們的著作
湯氏谷子敬徐時敏李開元湯顯祖
他們也想在舞臺晃一次臉
楊慎馮惟敏范文若馬佶人祁元儒
健忘這些名姓史志會倒大楣

文字獄斃掉的詩
在小說戲曲中嫋嫋重生
它悶過時代的衰變
只哀了一聲

# 女真復活後有霜寒

垮掉一個大明王朝
讓女真復活了
新韃子姓滿名清
強入關
漢地異幟
薙髮留頭傷透人心
鐵蹄踏處有霜寒

三藩除去文字獄重開
牽出朱方旦著書案莊廷鑨明史案戴名世南山集案
行人掩泣相望死者堆疊如山
血滴子換十全武功
彪炳史冊都靠砍人頭
生前死後哀號的名單還有

江西舉人王錫侯字貫刪改康熙字典
違逆不道立斬
大理寺卿尹嘉銓為父親請謚號
狂悖斬立決
禮部尚書沈德潛詠黑牡丹遺作
奪朱非正色
異種也稱王
撓著老虎觸鬚剖棺戮屍
浙江舉人徐述夔一柱樓詩留句
舉杯忽見明天子
卻把壺兒拋一邊
傷到老虎脊樑戮屍剖棺兼斬嗣子
新韃子王最見不得人墳墓完好
錫侯之為人蓋亦一頭巾氣極重之腐儒
與戴名世略同斷非有菲薄清廷之意

戴則以古文自命王則以理學自矜俱好弄筆
弄筆既久處處有學問面目
故於明季事而津津欲網羅其遺聞此戴之所以殺身也
孟森作字貫案以頭巾氣弔唁前人的迂腐
是耶非耶枉死者只差一次辯白
但看紀昀尹會一的遭遇生者又當如何的腳生感慨
滿清外史當真紀錄過那一副無賴逞威的吃相
弘曆嘗叱協辦大學士紀昀曰
朕以汝文字尚優故使領四庫書
實不過以倡優蓄之汝何敢忘議國事
尹會一視學江蘇還奏云
陛下幾次南巡民間疾苦怨聲載道
弘曆厲聲詰之曰
汝謂民間疾苦試指明何人怨言
怨聲載道試指明何人怨言
文人遇到皇帝有理也說不清

誰教他搶先佔到茅坑

主子奴才相聚一堂
搬演的又是那齣戲碼
可憐一曲長生殿
斷送功名到白頭
郎潛紀聞正在細細攝製這個畫面
錢塘洪太學昉思著長生殿傳奇初成
授內殿班演之聖祖覽之稱善賜優人白金二十兩
於是諸親王及閣部大臣凡有宴會必演此劇而纏頭之賞殆不貲
內聚優人請開宴為洪君壽而即演是劇以侑觴
名流之在都下者悉為羅致而不及某給諫
給諫奏謂皇太后忌辰設宴樂為大不敬請按律治罪
上覽其奏命下刑部獄凡士大夫及諸生除名者幾五十人
小人一告洪昇及一班名流都無償資遣回老家去
奴才中有奴才連續劇演不完

二臣傳也是那幫主子欽定的
動輒就要給鞭屍再度一棍打死
平生談節義兩姓事君王
進退都無據文章那有光
真堪覆酒甕屢見詠香囊
末路逃禪去原是孟八郎
錢謙益的名聲就這般被乾隆狠狠的屠宰了去
只怪當初他不聽柳如是的奉勸去投水明志
煙月揚州如夢寐
江山建業又清明
這就是他犯賤註定要被人鞭屍的理由了
奴才陪榜前面只有一條陰暗路

裝點山林大架子附庸風雅小名家
終南捷徑無心走處士聲名盡力誇

獺祭詩書充著作蠅營鐘鼎潤煙霞
翩然一隻雲中鶴飛去飛來宰相衙
蔣士銓臨川夢一首出場詩刺酸陳繼儒兼及別人
自己不當雲中鶴卻作了蹲點皇宮的波絲貓
史稱他跟袁枚趙翼為乾隆三才子
論者加碼說他窺破了別人的心肝卻沒自我剖白無膽
還是被主子零頭恩惠一級牢籠
光彩惦記在人們的失憶中

評家疑惑文士找不到死節的藉口
是不是貪生的念頭強過他那薄如蟬翼的顏面
反例普希金只為了有位爵爺罵一句綠毛烏龜就大動干戈最後喪命
萊蒙托夫僅因同窗羞辱他是鄉巴佬怒髮衝冠跟對方決戰傷重不治
茨威格從奧地利逃離納粹魔掌卻在巴西寓所寫下絕命遺書尋短
海明威川端康成法捷耶夫也都生自己悶氣祭起私刑而一命嗚呼
像這些人動不動就視死如歸腦筋可能有短路

所幸王國維跳昆明湖沈底被水草纏身死了
他的義無再顧志節可以追比屈原而救了國人一筆尊嚴
新的解釋就在我框列的氣化觀和創造觀的對比裡

復活的女真帶動冷顫
草莽王朝嫉妬讀書人他們鄙視才子
後者大家的臉上有更多的寒霜
倡優販賣笑點最捨得娛人
他們卻專尋縫隙強迫它噤聲
倒了一個窮措大又來一名寒酸客
詩遇人不淑想瀆職
天天哀嘆
誰能夠批准

# 詠嘆變調

殺一人對不起道德
千百萬人遭殃就只剩一些數字而已
我們滿清王朝爪牙趴趴走
他們喜歡的順便勾走了
從來沒看到漢地有誰放聲哀號
記者你們別杜撰故事想加水報導

滿文是我們培育的新品種
技術來自蒙古另一處文化沙漠
西洋鐘天文歷算地誌奇物圖說也明暗進口了
機械火器等鴉片甲午戰敗才跳級著急起來
新訂科儀三跪九叩就是不讓你們漢人的眼睛長到頭頂
奏摺要謙稱奴才這樣我們屁股以上的尊榮才能獲得保障
借洋債割地賠款都是預備給後世子孫去爽還

敕編四庫全書僅僅為了教多嘴的文人忙到沒有時間嚼舌根
教匪髮捻迭起是我們故意放出的煙幕以便義和團出來轉移民心
太平天國一小撮反叛就知道你們漢將早已有鎮壓的策略
王朝打圈圈還是我們的就行了

什麼　有人在比賽詠嘆變調
那可真是一件足爽的事喲
自從南洪北孔結紮崑曲獨霸劇壇的局面後
我們滿人的眼睛就只聽吵雜的恭維聲
你看皮黃寶卷彈詞鼓詞三兩個人輸誠多簡單易懂
秣陵春意中緣鈞天樂一類的高製連祝壽都喊得零零落落
還要等它們跟長生殿桃花扇沆瀣一氣來矇騙朝綱麼
魏長生高朗亭程長庚的名字得好好捧紅
吳偉業李漁尤侗就叫他們站一堆去
隔代那個土默熱發現紅樓夢無主名其實是洪昇搞的烏龍
這就對了戲曲才子不給賣座自然會轉去寫才子小說

如此一來我們就不必面對面幹架而為慘敗的一方負責

最值得慶賀的是話本也搗著臉解體了
縱使還有兒女英雄傳三俠五義施公案彭公案在指桑罵槐狂尋我們開心
但競標出廠的野叟曝言鏡花緣綠野仙踪濟公傳卻只伏貼去著神迷魔
老實說它們跟風月夢品花寶鑑花月痕青樓夢海上花列傳一樣精神都想治遊
就算要諷刺官場習氣也罷不及高椅上坐著的人
像儒林外史二十年目睹之怪現狀孽海花官場現形記老殘遊記都只訕笑到肩膀脖子
頭頭永遠在背後操縱你們聞不到聲音的黑白戲偶
他們的名銜叫做吳敬梓吳沃堯曾樸李寶嘉劉鶚
小號的是刊上蒙人陳森書魏秀仁慕真山人韓邦慶
中咖的包括夏敬渠李汝珍李百川王夢吉
容易被盜印的有費莫文康石玉崐無名氏貪夢道人

本篇很直白
美感會被降級處分

但誰說這不是詠嘆變調的後製部分
你沒看到袁枚紀昀蒲松齡這些驚嚇尿濕一褲子的人
都匿跡寫子不語閱微草堂筆記聊齋志異去了
我們當然也不彈正音的老調
避免它陽春白雪

試想紅樓夢第一才子書
風捲殘雲出落得世所罕匹
卻逃掉了作者
我們旗中子弟有氣不過的要拿它開刀
紅樓夢一書為邪說詖行之尤
無非糟蹋旗人實堪痛恨
我擬奏請通行禁絕又恐立言不能得體
是以隱忍未行
問題是逮不到人砍它個屁啊
這樣著書的人變調

閱讀的人廢寢忘食或嘔血而死也變調
我們撿便宜拿它當鎮寶更變調
詠嘆都變調就不可以訾議誰沒功勞

要叫樸學出來嗎
詩家擠在一塊兒玩文字聲韻訓詁
隊伍很壯觀呢
顧黃王顏惠江戴毛段焦阮俞孫一大串
個個有派頭沒生機
他們自己說是要救渡明末心學空疏
你們反怪罪我們文字獄逼人跳海
實情是大家都搭到末班車
還沒看見風景就才盡江郎啦
連我們十全老人那比全唐詩還毛的四萬多首詩作
也割不出半句來守檯面
那一夥人加總僅能乾墊底

還能期望他們鹹魚翻全身麼
大旗兵沒錯
滿人無過
詩有罪

紫禁城老掉了
只夠為它寫上一闋醜奴兒
沒事的人都愛上層樓強說愁
我們的創意在避暑山莊東北獵場
詩沒跟上中途陣亡
這要怨恨那一門子叉燒包

閣員奉事者夜半即起
乘騎達園
雞猶未鳴耳
閣臣省其事具奏

奉諭畢
閣員馳回城日尚未午
每日如是
亦可謂不憚煩矣
你瞧十葉野聞記載得多有人情味
天天讓官員在馳道上練耐力
這全是國家的希望所寄哪

做官備極醜態不可名狀
大約遇上官則奴候過客則妓
治錢穀則倉老人諭百姓則保山婆
袁宏道你隔空代喊什麼苦哉毒哉有的沒有
把一些人綁在地方不就是要壯大美感
如今耐操的崇高嫌煩
詩就不再貴族了

# 清末紅毛來了

盤古開天闢地
女媧摶黃土造人
伊甸園故事早侵入中土的上古史
只小小變形

李世民為了立一塊碑
讓景教隨祆教摩尼教混進長安大街
唐以下一部中古史從此染上西方宗教色彩
左行文字斗膽映入大家的眼簾

傳教士兼扮商業間諜
市舶貿易開啟
內河航道無限通行
輪到馬可孛羅利瑪竇無節抵華

此地人的脾性已被摸索殆盡

白銀兌換茶葉蠶絲瓷器
中國人用它吸吮鴉片
入超不妥協
彼此打了一仗
對方贏棋自己賠出更多的白銀

盎格魯撒克遜人戰勝奪氣
置入性行銷他們的榮光
不成就召來英法聯軍八國聯軍
叫列強一起吞食中國

東方小倭奴
西邊波斯剩將殘兵
北鄙熊大鼻子

南疆東印度公司囉嘍
也來趁火打劫

人家用機關槍打來
我也用機關槍對打
吳稚暉說的氣話晚了幾十年
仍在無感此處怎麼變出機關槍
敗北的命運早已敲定

還是那位叫陳攖寧的人聰明
他倡導新仙學教夥伴陽神出體
砲彈砸來只會碰到一團霧氣
不傷毫髮照樣准你活命
但遺憾功夫沒有精練到家
紅毛大隊就入城布下了天羅地網
不許你找理由離去

乖順的人額外有糖吃

開辦兵工廠
翻譯群學小說科普書
派遣小留學生
口號從鼻孔喊出來了
師夷之長技以制夷
中學為體西學為用
不久還會舉行迎接德先生賽先生的儀式
大家奔走呼叫只為國家摔了四腳朝天
拉它一把才不會恨死烏龜

紅毛駛出一輪船的發明
登岸兜售鐵路航海汽車電話冶煉
中土新設機器船政局力挺顏面
大型火車軍艦要掏錢購買維修專利欠著

電信銀行點卯技術控管在對方手裡
人家工業革命成功我們撿到了他們的廚餘

通航港口從沿海伸入內河
紅毛一邊種植商埠一邊刺探民情
船砲狂轟取走大片租界割地
青島上海澳門香港萬國旗飄揚
廣州十三行兼營外製轉內銷
快蟹艇躉船往來剝削掠奪
中國戰敗條款裡有不可承受的重

從協定稅率領事裁判權到利益均霑
一併傳教遊歷售賣洋藥禁書夷字自由建造
紅毛把自家搬來佔地定居
朝廷姑且以總理各國通商事務衙門同文館呼應
遣使出洋考察還還在人家紅地毯上吐了兩口濃痰

對準女皇邀宴的飯桌再放它一聲響屁
大清帝國的威信迅速傳遍世界各地

西洋科技像源泉般湧現
噴濺到士大夫敏感的神經
驚覺不力請變法無以救國自立
光緒帝聽取發憤要大肆革除積弊
詔定國是廢科舉立學堂譯新書
維新一案還沒出爐
慈禧太后已經將它腰斬
隨後紅毛伺機來劫掠就一無忌憚了

外患日亟滿人靠不住
漢人只好自己動手搞革命
搬來紅毛的理念
妄想以西代中徹底解決歷史的沈痾

最後一個新民族誕生了
百姓卻陷入另一波爭鬥民主自由的恐懼中
因為投票給人不能動用自己

德先生來了
賽先生也趕到了
新文化運動如火燎原
打倒孔家店
反吃人的禮教
把線裝書丟進茅廁
從科玄論戰中搴旗突圍
創造一面大好形勢自我過癮
還有不滿足的連姓資姓社的一起引入
就是要讓老大中國從地球上消失

紅毛改造了東亞近代史

他們帶著上帝四處點燃驚奇
合作醞釀災難
中土的氣化觀沒得堅持了
在你變性前最好再喝杯威士忌
那裡面有準點的茫然

# 詩走出陣地舉白旗投降

時間長腳
沈沈又邁過一個朝代
新刀無情奪去舊愛的貞操
吟哦呫嗶逃離洋貨採購者的火燒
鴕鳥覓食躲入沙堆
詩走出陣地
聞到陽光太濃眼
高舉白旗投降

菩提樹上撓翻的梵海
松竹梅暖熏縈迴的和風
潺湲流去不回了
雅人深致的詩詞歌賦
浸淫釋子講唱遺韻的小說戲曲

原鼂然獨立的也銷蝕滌蕩了
文士漂泊在溟漠的國度
剪貼他人的旗幟

浪漫主義者李白
李賀你加入頹廢派鬼才的行列
那個唯美詩人叫做李商隱
屈原是悲劇辭家兼大夫
社會寫實主義詩的先鋒杜甫
每一席文人徒地多出一個舶來的新外號
他們緘默沒有力氣抗辯

咿咿啞啞也是詩
表現主義都從這裡生產
慢了會被名氣抄去
那是存在主義的權利

超現實主義已被佛洛伊德植入詩人的夢中
歌頌機械文明的未來主義就別再發癡了
魔幻寫實主義不喜歡聶魯達
洛夫憑空去接收
傾斜了兩岸的詩壇
大家在觀望真實創體的時刻怎麼到來

精神分析學異常鍾情蠟燭和香爐
為的是陽具陰阜都要藉它們來談戀愛
神話原型批評說潛意識有危機
原始意象不入眼卻會在文字底部穿刺找敵人
新批評和形式主義發掘了陌生化語言
意圖謬誤感受謬誤歷史謬誤
作者讀者都死了只有作品活著
不知道將來誰還會突然晃點掛掉

有隻寒蟬從女性主義上空飛過
隨時拍落幾綹雪光

行人隱匿只敢用臀部仰視
後殖民主義軋到了最新一波奪嫡權
戰爭機器開到中心倒臺
邊緣抖起腳來齊聲高喊凍算

詮釋一組生計詠嘆調
公無渡河內有人和自然的對立
結構主義摩挲出了它的溫度
不予討較意符意指的轉換
登鸛雀樓現象學看到有空間在流動
無砥礪志節開闊胸襟

我揮一揮衣袖不帶走雲彩

自然主義說你有它煲過的影子
後結構主義搶白數出那背面還藏著虛無主義的習題
星空很希臘是能指
所指則有澄淨蔚藍和一窩出清渣滓的心靈
解構主義在跟它拔河出示兩張加了裂縫的證據
馬蹄是美麗的錯誤按你的目瞤聽出哀怨
事關矛盾修辭重點在騙取混沌理論複雜學的同情
網路超鏈結籲請新詩來觸電
它自己從新擁抱文字聲音影像動畫和一顆榴槤
美感天地在修建倒塌的巴別塔
黏膩中有悲悽燒焦的煙塵
少了一斤優雅的重量

思緒沒有抑揚頓挫
情感也不必起承轉合
文學僅存一堆符號在宣示尾隨影附的歷程

讓資本主義殖民主義帝國主義靠它支取孳息
我們中計毒發全身紫脹
解藥還遠在天邊

註定無法從創造神話的魔咒裡晉級
我們的追隨狂熱只夠贏得人家冷冷的嘲諷
就像貝爾文學那本普論書告訴世人它但存西式一脈
布萊德貝里文學地圖儘有阿拉伯非洲文學話語卻刻意抹除海峽兩岸的聲音
沈恩好思辯的印度人瞧不起泰戈爾後再射一箭到中國作家
寒哲西方思想抒寫僅一味吹捧自家人卻忘記娶的老婆來自臺灣島
希爾斯知識分子與當權者乾脆宣布亞洲人創造力早已集體淪陷
更氣歪人的是貝克曼亞洲未來衝擊著錄的一幕反影
北倫敦一所小學校長居然倡意教學死去的拉丁文
屁眼從來沒興趣問候一聲正夯的中文
還有高行健莫言得到諾貝爾獎的是政治配額
至今也不見那個紅毛施捨過幾句讚美

走出陣地投降的詩待遇十分丙級

急急如律令符咒拋出
文昌君伏羲倉頡朱熹沮誦梵佉盧都來救駕
勾踐想復國光武要中興韃子叫他們迴避
詩經楚辭漢賦唐詩宋詞元曲明清小說統統就定位
點到喊有前去插旗召風
順便滾一圈看看翻出什麼新花樣
就是不能張嘴含住外地來客的口沫
裡頭有侵蝕空白的病菌
正在繁殖資源短缺生態失衡環境汙染溫室效應臭氧層漏洞核武恐怖

這邊一罎主義那邊一缸思想
流行過了賺飽粉絲退燒再去另起爐竈
沒有餅屑留下只剩美感一片惘然
詩壇自我加冕樣子是白人的山寨版

值不了幾文錢還擔心輸掉仿冒的官司
中土濕人知識得爭氣趕快跟它生離死別

# 跋

## 長出芽來的詩還在意符的世界裡找愛

# 附錄一　詞條選注

## 浪漫主義

脫掉貴氣逼人的古典外殼
把感情從自然主義那邊搶救回來
走一遭後成就了你的名

## 社會寫實主義

勞工被資本家剝皮叫苦連天
文人催生觀念讓他們心底有暖流通過

## 表現主義

光浪漫文字不過癮
還要掏心掏肺裝飾門面
創意終於卯到了重量

**超現實主義**

佛洛伊德用絕症換來的符徵
自己跑去尋找符旨
相逢後問一聲你神經病了沒

**未來主義**

跟馬里內提去戰鬥消磨文明
你將會瞄到肯基伍羅的狗從舞臺落寞的爬過去

**魔幻寫實主義**

中南美洲颳起的一場妖氛
吹得全世界的眼睛都在狂打冷顫

**女性主義**

伊甸園的英雌想復活

身上纏了一條蛇
嚇壞滿臉孬種的亞當們

**後殖民主義**

看著人家偷渡鴉片走私科技
我們懶懶呼喊一聲就夠了

**解構主義**

結構學家把語言綁緊
德希達將它鬆開
忙了三十年只完成這個遊戲

**網路超鏈結**

地球抱著電纜在發燒
賭一隻尚未燒烤的兔子是否還能奔跑

# 附錄二　作者著作一覽表

## 一、論著

1. 《詩話摘句批評研究》，臺北：文史哲，1993。
2. 《秩序的探索——當代文學論述的省察》，臺北：東大，1994。
3. 《文學圖繪》，臺北：東大，1996。
4. 《臺灣當代文學理論》，臺北：揚智，1996。
5. 《佛學新視野》，臺北：東大，1997。
6. 《臺灣文學與「臺灣文學」》，臺北：生智，1997。
7. 《語言文化學》，臺北：生智，1997。
8. 《兒童文學新論》，臺北：生智，1998。
9. 《新時代的宗教》，臺北：揚智，1999。
10. 《佛教與文學的系譜》，臺北：里仁，1999。
11. 《思維與寫作》，臺北：五南，1999。
12. 《中國符號學》，臺北：揚智，2000。
13. 《文苑馳走》，臺北：文史哲，2000。
14. 《作文指導》，臺北：五南，2001。

15.《後宗教學》，臺北：五南，2001。
16.《故事學》，臺北：五南，2002。
17.《死亡學》，臺北：五南，2002。
18.《閱讀社會學》，臺北：揚智，2003。
19.《文學理論》，臺北：五南，2004。
20.《語文研究法》，臺北：洪葉，2004。
21.《創造性寫作教學》，臺北：萬卷樓，2004。
22.《後佛學》，臺北：里仁，2004。
23.《後臺灣文學》，臺北：秀威，2004。
24.《身體權力學》，臺北：弘智，2005。
25.《靈異學》，臺北：洪葉，2006。
26.《語用符號學》，臺北：唐山，2006。
27.《紅樓搖夢》，臺北：里仁，2007。
28.《語文教學方法》，臺北：里仁，2007。
29.《走訪哲學後花園》，臺北：三民，2007。
30.《佛教的文化事業——佛光山個案探討》，臺北：秀威，2007。

31.《轉傳統為開新——另眼看待漢文化》，臺北：秀威，2008。
32.《從通識教育到語文教育》，臺北：秀威，2008。
33.《文學詮釋學》，臺北：里仁，2009。
34.《反全球化的新語境》，臺北：秀威，2010。
35.《文學概論》，新北：揚智，2011。
36.《語文符號學》，上海：東方，2011。
37.《生態災難與靈療》，臺北：五南，2011。
38.《華語文教學方法論》，臺北：新學林，2011。
39.《文化治療》，臺北：五南，2012。
40.《華語文文化教學》，新北：揚智，2012。
41.《文學經理學》，臺北：五南，2016。
42.《文學動起來——一個應時文創的新藍圖》，臺北：秀威，2017。

## 二、詩集

1.《蕪情》，臺北：詩之華，1998。
2.《七行詩》，臺北：文史哲，2001。

3.《未來世界》，臺北：文史哲，2002。
4.《我沒有話要說——給成人看的童詩》，臺北：秀威，2007。
5.《又有詩》，臺北：秀威，2007。
6.《又見東北季風》，臺北：秀威，2007。
7.《剪出一段旅程》，臺北：秀威，2008。
8.《新福爾摩沙組詩》，臺北：秀威，2009。
9.《銀色小調》，臺北：秀威，2010。
10.《飛越抒情帶》，臺北：秀威，2011。
11.《游牧路線——東海岸愛戀赤字的旅行》，臺北：秀威，2012。
12.《意象跟你去遨遊》，臺北：秀威，2012。
13.《流動偵測站——列車上的吟詩旅人》，臺北：秀威，2016。
14.《詩後三千年》，臺北：秀威，2017。

## 三、散文小說合集

1.《追夜》，臺北：文史哲，1999。

## 四、傳記

1.《走上學術這條不歸路》，新北：生智，2016。

## 五、雜文集

1.《微雕人文——歷世與渡化未來的旅程》，臺北：秀威，2013。

## 六、編撰

1.《幽夢影導讀》，臺北：金楓，1990。

2.《舌頭上的蓮花與劍——全方位經營大志典：言辭卷》，臺北：大人物，1994。

## 七、合著

1.《中國文學與美學》（與余崇生、高秋鳳、陳弘治、張素貞、黃瑞枝、楊振良、蔡宗陽、劉明宗、鍾屏蘭等合著），臺北：五南，2000。

2.《臺灣文學》（與林文寶、林素玟、林淑貞、張堂錡、陳信元等合著），臺北：萬卷樓，2001。

3.《閱讀文學經典》（與王萬象、董恕明等合著），臺北：五南，２００４。

4.《新詩寫作》（與王萬象、許文獻、簡齊儒、董恕明、須文蔚等合著），臺北：秀威，２００９。

BOD Books on Demand

語言文學類　PG1853　旅人系列5

# 詩後三千年

作　　者／周慶華
責任編輯／林昕平
圖文排版／楊家齊
封面設計／葉力安

發 行 人／宋政坤
法律顧問／毛國樑　律師
出版發行／秀威資訊科技股份有限公司
114台北市內湖區瑞光路76巷65號1樓
電話：+886-2-2796-3638　傳真：+886-2-2796-1377
http://www.showwe.com.tw
劃撥帳號／19563868　戶名：秀威資訊科技股份有限公司
讀者服務信箱：service@showwe.com.tw
展售門市／國家書店（松江門市）
104台北市中山區松江路209號1樓
電話：+886-2-2518-0207　傳真：+886-2-2518-0778
網路訂購／秀威網路書店：http://store.showwe.tw
國家網路書店：http://www.govbooks.com.tw

2017年8月　BOD一版
定價：300元

國家圖書館出版品預行編目

詩後三千年 / 周慶華著. -- 一版. -- 臺北市 :
秀威資訊科技, 2017.08
面 ;　公分. -- (語言文學類)(旅人系
列 ; 5)
BOD版
ISBN 978-986-326-450-7(平裝)

851.486　　106012000

# 讀者回函卡

感謝您購買本書，為提升服務品質，請填妥以下資料，將讀者回函卡直接寄回或傳真本公司，收到您的寶貴意見後，我們會收藏記錄及檢討，謝謝！

如您需要了解本公司最新出版書目、購書優惠或企劃活動，歡迎您上網查詢或下載相關資料：http:// www.showwe.com.tw

您購買的書名：＿＿＿＿＿＿＿＿＿＿＿＿＿＿＿＿＿＿＿＿

出生日期：＿＿＿＿年＿＿＿＿月＿＿＿＿日

學歷：□高中（含）以下　□大專　□研究所（含）以上

職業：□製造業　□金融業　□資訊業　□軍警　□傳播業　□自由業

□服務業　□公務員　□教職　□學生　□家管　□其它＿＿＿

購書地點：□網路書店　□實體書店　□書展　□郵購　□贈閱　□其他

您從何得知本書的消息？

□網路書店　□實體書店　□網路搜尋　□電子報　□書訊　□雜誌

□傳播媒體　□親友推薦　□網站推薦　□部落格　□其他＿＿＿＿

您對本書的評價：（請填代號　1.非常滿意　2.滿意　3.尚可　4.再改進）

封面設計＿＿　版面編排＿＿　內容＿＿　文／譯筆＿＿　價格＿＿

讀完書後您覺得：

□很有收穫　□有收穫　□收穫不多　□沒收穫

對我們的建議：＿＿＿＿＿＿＿＿＿＿＿＿＿＿＿＿＿＿＿＿

＿＿＿＿＿＿＿＿＿＿＿＿＿＿＿＿＿＿＿＿＿＿＿＿＿＿

＿＿＿＿＿＿＿＿＿＿＿＿＿＿＿＿＿＿＿＿＿＿＿＿＿＿

＿＿＿＿＿＿＿＿＿＿＿＿＿＿＿＿＿＿＿＿＿＿＿＿＿＿

請貼
郵票

11466
台北市內湖區瑞光路 76 巷 65 號 1 樓
**秀威資訊科技股份有限公司** 收
BOD 數位出版事業部

（請沿線對折寄回，謝謝！）

姓　　名：＿＿＿＿＿＿＿＿　年齡：＿＿＿＿　性別：□女　□男

郵遞區號：□□□□□

地　　址：＿＿＿＿＿＿＿＿＿＿＿＿＿＿＿＿

聯絡電話：(日)＿＿＿＿＿＿＿＿(夜)＿＿＿＿＿＿＿＿

E-mail：＿＿＿＿＿＿＿＿＿＿＿＿＿＿＿＿